天 山 청소년문학選 9

진 영 희 청소년소설집

노란모롱이

한기10958

한웅기5919

단기4354

공기2572

불기2565

서기2021

도서출판 天山

노란모롱이

진 영 희 청소년소설집

上元甲子
8937
+2021
10958
5919
4354
2572
2565
2021

도서 출판 天山

〈서 문〉

한 알의 아스피린 같은 靑小說

——진영희 청소년소설집 '노란모롱이'를 돌아보고

진영희는 고운 동화 작가다. 동화를 곱게 쓰면서 파릇파릇하고 젊은 청소년소설도 한결 결바르게 펼쳐보이고 있다. 靑小說은 '月刊文學'(2007.3. 申世薰 李光馥) 당선—그뒤 지금껏 꾸준히 '自由文學'에 연재한 靑小說(단편)과 文協 登林作 '꽃무덤'을 그러안고 '노란모롱이'란 靑小說集을 쏘아올린다.

착하고 정직한 청소설들이라 공해가 없는 소설책이다. 요즘 간혹 상업 기획물로 내는 출판사들은 청소년소설이라면서도 술에 섹스에 마약까지 풀어 잔치를 벌여놓고 청소년 독자들을 유혹하는 독버섯같은 예가 있다.

그러나 진영희의 청소설은 아동 문학과 성인 문학의 중간 지대인 모범 청소년문학을 지향한 청소설이기 때문에 아주 안심이 되는 청년 문화 예술 상품에 속한다.

더구나 진영희 女士는 청소년문학을 개척한 내가 文協 이사장을 하면서 '月刊文學'을 통해 현문협 이사장 李光馥 소설가(당시 편집 국장)와 함께 뽑아 지도해온 작가라 더욱 마음 놓이는 작가다. 이책 맨앞에 실린 진영희의 청소설 '꽃무덤'이 그때 뽑힌 '月刊文學' 당선작이다. 꼭 읽어보시기 바란다.

<

청소년문학은 한창 피가 익어가는 청소년기의 젊은 꿈과 상상과 그들의 푸르청청한 언어로 엮어진 시와 소설·희곡…들을 말한다. 이러한 청소년들의 정서에 맞는 작품들이 중고등 학교 교과서에 실려야 한다. 중학생이 되자 느닷 성인 문학이 교과서에 실려 시험 문제로 눈앞에 닥쳐오자 한창 감수성이 예민한 청소년들은 문학을 아예 수학 방정식처럼 멀리하게 된다.

앞으로 국어는 문학을 위주로 교과서를 만들어야 한다. 지금처럼 어학 위주로 국어 교과서를 만든다면, 우리나라 청소년 인간 정서 교육은 사람이 아니라 기계 인간으로 키우게 되기가 쉽다. 민족의 장래 기둥들을 인간 교육 제대로 하려면 청소년문학 중심으로 중고교 국어 교과서를 꾸며야 하리라 본다. 어른들이 오히려 청소년들을 그릇 가르쳐가며 잘못 이끌고있다. 바로잡아가려면 청소년들 국어 교과서부터 그들의 정서에 맞게 만들어 바로 가르쳐야 할 것이다.

그런 면에서 진영희의 '노란모롱이'같은 靑小說이 오히려 정서 불안의 청소년들에게는 한 알의 아스피린 역할을 하게 될지도 모른다.

2021. 7. 大暑節 서애로에서.
義 山 申 世 薰
<제22·23대 文協 이사장 · 청소년문학 개척자>

차　례

차 례

꽃 무 덤

무릎위에 끌어안았다 새터마을 어린나이에도 또래어린이들과 그두려움은 크고예쁜 온밭이 예쁘고넓은 있다아이가 크고확실한 선명하고아름다운지 강변마을에서 호박밭가에는 예쁜돌이 자갈강변이 우리마을에 와봐라 손가락끝이 잊은척하기 데리고왔다 그아기가 염치없어보여서 짧은다리를 고쳐주꾸마 빨간구두는 익숙해져있던 절벽바위사이로 산딸기나무의 신발소식 아무말없는 풀벌레소리 작은어머니 데리고와서 안상주노릇 반지하집으로 일하러다니는 성한다리로 아픈다리를 위치하고있었다 믿고싶었다 장식하고싶은 청개구리이야기가 망해묵고 것같았다 어린시절의 해두고싶은 타고오면서부터 눌러담아왔다 돈이고쌀이고 꽃무덤위의 소나무밑둥치에서 내려가보았다 나부끼고있다 …<문학 언어:소설 언어로 교정본 도서 출판 天山 및 '自由文學 편집 통일 교정안 예문들임.—'自由文學' '도서 출판 天山' 편집 팀 주.>

〈청소년소설 : 靑小說(단편)〉

꽃 무 덤

차창에 맺히는 빗방울이 일정한 방향으로 추락한다. 잠시 날아와 바둥대다가 빠른 속도로 사라지는 것을 보며 나는 어제 오후에 어머니의 납골당에서 몰래 가져온 유골함이 든 가방을 가만히 끌어안았다.

눈을 감았다. 창틈으로 씰씰한 공기가 스며든다. 다시는 대심마을의 땅을 밟을 일이 없을 줄 알았던 내가 외3촌도 몰래 미움과 원망의 근원지인 고향으로 가고있는 것은 어머니의 유언 때문이다.

깜박 잠이 들었다가 김천을 지나서야 눈을 떴다. 개천을 따라가는 길이 예전같지않다. 가로수로 남아있던 몇 안되던 미루나무는 자취를 감추었고, 버스를 오르내리는 사람들이 주고받는 사투리만이 변하지않은 채 나를 맞았다.

그러다가 또 한참을 달리면 버스에 닿을 듯이 낮은 산기슭과, 길가에는 구절초를 비롯한 가을꽃들이 무리지어 피어있다.

문득, 꽃송이를 따서 땅속에 넣고 유리조각으로 덮은 후 흙을 뿌려놓고 몰래 들여다보던 어린 시절이 떠올랐다. 지난날을 돌이키지않으려고 애쓰던 마음은 나의 의지와는 상관없이 필름처럼 펼쳐졌다.

내가 다섯 살되는 해, 어머니를 따라 새터마을 잔칫집을 다녀온 나는 심한 열병을 앓았다. 나흘이 지나서야 정신을 차렸는데, 그이후로도 시름시름 기운을 잃고 몇 걸음 걷다가 쓰러지기 일쑤였다고 한다.

어머니의 등에 업혀지냈던 그해를 넘긴 이후로 나는 한 쪽 다리가 짧아져 절뚝거리며 걸었다. 그때부터 아버지는 늦게 얻은 외동딸로 귀여움을 독차지했던 나와 나를 잔치에 데려갔던 어머니를 미워하기 시작했다. 집을 며칠 씩 비우기가 예사인데도 미안해하기는커녕 어머니에게 손찌검까지 했다. 어린나이에도 아버지의 사랑이 식어가는 것은 견디기 힘들었다. 더군다나 동네의 또래어린이들과 어울리지 못하고 놀림을 받으며 자라던 내게 그두려움은 앞날의 고단함을 예감하기에 충분했다.

나는 늘 혼자서 놀았다. 들일 나간 어머니를 기다리며 해가 긴 낮시간 동안 혼자하는 소꿉놀이에서 나는 아버지도 어머니도 되고 손님도 할머니도 되었다. 그러다가 울타리나 냇가에서 꽃을 꺾어와서 땅속에 넣은 다음 유리조각을 얹고 흙으로 살짝 덮어 나만 아는 표시를 해놓으면 그날의 내 일은 끝났다. 어쩌다 꽃밭에 있는 큰꽃송이를 한 송이라도 따는 날이면 아주 부자나 된 듯이 만족스러웠다.

어느 날, 나의 비밀을 알고있던 대영이가 자기네 밭옆에 크고예쁜 꽃이 있는 데를 안다고 했다. 더군다나 거기는 꽃을 따서버리는 곳이어서 마음대로 꺾어와도 된다는 게 아닌가.

단번에 나는 대영이를 따라나섰다. 우리집에서는 좀 먼 그곳은 아주 다른 세상, 정말 별천지였다. 온밭이 빨강과 분홍색꽃으로 가득 피어서 백만 송이도 넘을 것같았다. 나는 태어나서 그렇게 예쁘고넓은 꽃밭을 본 적이 없었다.

'이걸 정말로 따도 된난 말이가!'

'그렇다캐도! 아저씨가 꽃을 따서 버리는 걸 봤다. 봐라, 저쪽에 꺾어서 버린 거 있다아이가.'

나보다 한 살 많은 대영이를 믿고 나는 치마폭에 꽃을 따서 담기 시작했다. 꽃병에 꽂을 것이 아니어서 꽃송이만 따면 되었다. 다리가 불편한 것도 잊고 할머니를 돌봐야 되는 것도 모른 채 나는 아주 행복한

이야기속의 주인공이 되어 꽃밭을 누볐다.

'이놈의 자석들이 지금 뭐하는 짓이고!'

한창 꽃따기에 열중해 있을 때 천둥같은 소리가 들렸다. 나와 대영이 앞에 구레나룻수염이 턱과 얼굴의 반을 덮은 아저씨가 고함과 함께 동화속의 악당처럼 서있었다. 얼마나 무섭게 생겼는지 내가 소리를 지르며 주저앉는 바람에 꽃송이를 다 쏟고말았다. 대영이는 꽃을 안땄다고 말하고는 바로 달아났다. 나는 울면서 잘못했다고 빌었다. 그리고 꽃을 따도 되는 줄 알았다고 용서해 달라고 했다.

'아저씨, 나 감옥가야 돼요?'

내가 아주 서럽게 울며 말했는지 아저씨가 더 놀라며 나를 일으켜 주었다.

'이런 일로 감옥에 안간다. 걱정마라, 줄기를 안꺾어서 다행이다.'

아저씨는 그꽃의 이름이 작약이라는 것과 약초여서 좀 더 있으면 뿌리로 영양분이 내려가게 꽃을 따 주어야 하는데, 아직은 좀 이르다는 걸 가르쳐주었다. 그리고 내가 딴 꽃을 봉지에다 담아주었다. 꽃이 또 필요하면 와서 말하라고, 그러면 꺾어도 되는 꽃을 알려주겠다고도 했다. 나는 아저씨가 하느님보다 더 훌륭해보였고, 그일이 있고나서부터 수염이 많이 난 사람도 나쁜 사람이 아니라는 것을 알았다.

나는 가슴이 벅차서 참을 수가 없었다. 한 송이만 넣고 유리로 덮어도 천국의 문처럼 아름다웠다. 우리집 꽃밭과 뒤란으로 가는 길, 흙이 있는 곳은 나 파서 꽃을 심었다. 그렇게 꽃을 감춰놓고 몰래 들여다보는 것은 그시절의 내가 가질 수 있는 가장 크고확실한 행복이었다. 유리를 통한 꽃의 색깔은 얼마나 선명하고아름다운지 유리가 없으면 그 일을 완성했다고 할 수 없다. 유리가 모자라서 호박잎으로 덮어놓고 강변마을에서 고물상을 하는 할아버지댁 울타리로 뛰어갔다. 굵은 철사줄같은 것이 얽혀있는 물건을 쌓아놓은 바닥에는 깨진 유리조각이 있었다. 그것을 주워와서 장식을 끝냈을 때야 비로소 안심이 되었다. 그은밀한 일은 나의 세계에서 다음에 먹을 양식을 쌓는 일과도 같았다. 온집안밖 땅속을 꽃동산으로 꾸며놓으니, 마치 큰곳간을 가진 듯이 뿌듯했다. 내겐 아버지가 없어도 어머니와 나와 할머니가 배고프지않게 먹을 내가 관리하는 양식이 있어야 했다.

냇가로 나가면 기다란 자갈밭이 있었다. 돌밭을 일구어 만든 대영이네 호박밭가에는 예쁜돌이 참 많았다. 햇빛이 비치면 보석같이 반짝이는 자갈강변이 우리마을에 있는 것이 참 자랑스러웠다. 그길을 따라 한참을 가면 내가 그때까지 본 건물 중에서 가장 큰 초등 학교가 보였다. 대영이는 그학교 1학년이다. 나도 학교에 가고싶었다. 대영이가 작약꽃밭에서 나를 두고 도망을 가기는 했지만, 유일하게 나와 놀아주었던 친구여서 또 어울릴 수밖에 없었다.

'이리 와봐라.'

대영이가 내 손목을 잡았다.

'이게 딱 맞아야 되는데, 너는 아직 살이 안쪄서 내년에 학교에 몬 가겠다.'

엄지와 장지손가락으로 손목을 잡아 손가락끝이 맞닿아야 되는데, 나는 말라서 손가락 반 마디가 남는다는 것이다. 그런 날 집에 돌아오면 나는 두 그릇씩 밥을 먹었다.

'아이고 우리 정인이 착하다. 인자 어른 되겠네.'

어머니는 내 숟가락위에다 반찬을 얹어주며 말했다.

그러나 정작 학교에 입학할 무렵의 나는 행복하지않았다. 아버지가 딴살림을 차려 아예 집을 떠났기 때문이다. 그후, 할머니가 돌아가실 때까지 살았던 고향집은 어머니의 한이 서린, 행복했던 기억이라고는 찾기 힘든 궁상과 환자의 냄새가 떠나지않았던 어머니와 나의 노동을 기다리는 공간이었다. 병들고 힘없어진 할머니는 아들 못 낳는 며느리를 더 무시하지 못한 채 그런 생활을 담담하게 받아들였다. 나는 지겹

도록 고향을 벗어나고싶은 꿈을 꾸며 할머니를 적당히 구박하고살았다.

아버지의 사업실천으로 우리집 논밭이 모두 팔려나간 후에도 어머니는 품삯을 받고 그밭에서 일했다. 살림은 점점 궁핍해져서 쌀독에 쌀이 떨어질 때도 있었다. 아버지없는 집의 할머니를 봉양하는 일은 덤으로 여겨졌다. 영악한 나는 햇볕쬐기를 좋아하는 할머니를 양지바른 곳에 자리를 깔아 앉혀놓고는 일부러 잊은척하기 예사였다. 해질무렵까지 냇가에서 놀다가 어머니가 오기 직전에야 할머니를 방으로 부축해 옮겼다. 내 도움없이 요강에 앉기도 힘들어하는 할머니가 얼굴이 누렇게 되어 떨고있을 것은 충분히 상상되는 일이었다. 독한 년이라고 내게 면박을 주면서도 어머니에게 이르지않았기에 가능했던 할머니와의 줄다리기는 아버지의 어머니이기 때문이라는 데에 당위성이 있었다.

5학년의 가을이 시작될 때쯤 아버지가 오셨다. 명절이나 제삿날이 아닌 날의 방문은 처음이었다. 내 구두 한 켤레와 어머니의 스웨터를 사가지고 얼굴이 하얀 여섯 살짜리 사내아기를 데리고왔다. 한참동안 아기의 손을 잡고 좋아하는 할머니를 이해할 수 없었다. 그아기가 울지않았다면 할머니는 계속 그렇게 있었을 것이다. 병수발을 한 어머니앞에서 그런 행동을 하는 할머니가 염치없어보여서 나는 할머니를 더 구박해야겠다고 생각했다.

집문서를 가지러왔던 아버지는 병든 할머니를 모셔갈 수가 없어서 하룻밤을 묵고 그냥 돌아갔다.

내가 아는 아버지의 그나마 따뜻했던 기억은 그날밤 잠자리에 든 내 다리를 쓰다듬던 손길이었다. 짧은다리를 지그시 당기던 아버지가 왜 다른 선물이 아닌 다리 불편한 딸의 구두를 사왔는지 이상스러워 하며 나는 잠자는척 고른 호흡을 하기에 정신을 쏟았다.

'내, 형편이 되는대로 니 다리는 꼭 고쳐주꾸마.'

아버지의 혼잣말처럼 중얼거리던 그말은 오랫동안 내 마음을 흔들어 한동안 멀쩡한 다리로 걸어다니는 꿈에 젖어지냈다.

리본이 달려있는 반짝거리는 빨간구두는 내가 신기에 너무 컸다. 그래도 아버지가 사다준 것이어서 고리를 꽉 조인 다음 학교갈 때에만 신고, 바닥을 씻어서 마루위에 올려놓았다가 다음날 또 신곤 했다.

운동회 연습을 하고 조금 늦게 집으로 오는 길이었다. 논길따라 산길따라 친구들보다 몇 발자국뒤에서 걸어오는데 재민이가 나를 놀렸다.

'쩔뚝 쩔뚝! 맞지도 않는 구두를 신고 안됐나. 너거 아부지가 사다 주더나. 신발 사이즈도 모르는 사람이 아부지 맞나?'

재민이는 다리를 저는 시늉을 하며 말했다. 서너 명 되는 어린이들이 모두 웃었다. 나는 재민이를 노려보았다.

'꽃밭에서 쉬어라, 나비야! 나알개 쉬어 가아거라, 나비야!'

재민이는 운동회 연습 때의 무용에 맞춰서 두 팔을 젓고 노래까지 부르며 날아가는 나비흉내를 냈다. 놀림에 익숙해져있던 나였지만, 그 날은 더 참을 수가 없었다. 구두를 벗어들고 재민이를 때릴 기세로 맞섰다. 재민이는 전에 없던 나의 행동에 잠깐은 놀라는 것같았지만, 금방 나를 무시했다.

'어쭈! 덤벼? 니가 나를 이길 수 있을 것같애? 덤벼봐!'

팔을 몇 번 뻗더니, 재민이는 순식간에 내 구두 한 짝을 빼앗았다. 그것을 찾기 위해서 나는 절룩이며 이리저리 뛰었다.

재민이는 구두를 줄 듯 말 듯 나를 놀리다가 내게로 던진다는 것이 그만 길아래 낭떠러지로 날리고말았다. 바로아래는 냇물이 시퍼렇게 흘렀다. 다른 길로 돌아서 냇가로 내려갔다. 왁자지껄하던 어린이들도 걱정이 되었는지 따라 내려와 같이 찾았다. 냇물을 따라 두 명이 내려가고 나머지 친구들은 산기슭을 훑었지만 찾을 수가 없었다. 아찔한 절벽바위사이로 산딸기나무의 빨갛게 익은 단풍잎과 가시만 무성했다.

해질 무렵까지 울면서 냇가를 맴돌다가 집으로 돌아왔다. 물속으로 빠지고싶은 충동을 느낀 날이었다. 그날은 아버지가 내 곁을 떠난 날보다 슬펐다. 신발소식을 먼저 들은 어머니는 맨발로 온 나를 혼내지 않았다. 아무말없는 어머니가 더 무서워서 발갛게 부은 발을 감추고 밤새 앓았다. 잠결에 내 발을 주무르는 어머니의 손이 풀벌레소리와 함께 꿈처럼 와닿았다.

할머니는 내가 열다섯 살 되던 해에 돌아가셨다. 작은어머니가 두 아들을 데리고와서 동네가 떠나가게 울며 안상주노릇을 했고, 장례식이 끝나자 어머니와 나는 서울 외3촌댁 동네의 반지하집으로 서둘러 이사를 했다.

나는 그런 어머니와 어른들이 정말 싫었다. 호적까지 넘겨주고 빈손으로 와서 힘들게 일하러다니는 어머니가 밤마다 앓는 소리조차 듣기 싫었다. 어머니처럼 살지않기 위해서, 그리고 내가 가진 장애를 뛰어넘기 위해서 악착같이 공부했다. 내가 할 수 있는 것은 그것밖에 없었다.

어머니는 손끝이 맵다는 소리를 들으며 설거지를 하는 사람으로 취직한 지 2년만에 주방일을 하게 되었고, 그때부터 형편이 조금 나아졌다. 외3촌댁 동네를 떠나 우리 모녀가 식당에 딸린 방으로 옮겨긴 것이 그무렵이다. 방학이면 과외 지도도 받을 정도의 여유가 생겼다.

서울 친구들은 내게 관심조차 없었다. 친구도 경쟁자로만 보는 그런 급우들을 따라가는 일은 쉽지않았다. 졸음이 올 때마다 나는 성한다리로 아픈다리를 누르면서 나를 채근했고, 피곤했을 어머니도 먼저 잠자는 적이 없이 텅빈 식당의 홀에서 채소라도 다듬었다.

'무식하믄 당하는 기라. 시대도 변했지마는 너는 여자라고 죽은 듯이 살지 말아라. 내가 무신 일을 해서라도 니 뒷바라지는 할 기다.'

'됐어요. 난 엄마처럼은 안살 테니 걱정마.'

곱게 눈을 흘기며 쏘아붙이는 내게 어머니는 눈가에 주름을 잔뜩 만들며 웃기만 했다.

어머니의 소원대로 나는 약학대에 입학했다. 합격자 발표가 있던 날, 어머니는 일을 하루 쉬면서 울었다. 당연한 일같아서 나도 담담히 곁을 지켰다. 그리고 얼마 안있어 대출을 받아모내서 연립 주택 2층 전세로 이사했다.

약학대는 경사가 있는 언덕배기에 위치하고있었다. 신입생이었을 때의 나는 시간을 충분히 잡고 학교에 일찍 가서 다리 저는 것을 의식해서 천천히 걸었다. 그러나 거기에서 내가 다리를 절룩인다고 업신여기는 사람은 없었다. 겉으로만이 아니라 마음속으로도 선입견을 가지지않고 대해주는 것을 믿고싶었다.

학교 입구에서부터 담장이나 언덕마다 진달래와 철쭉이 흐드러지게 피었다. 나는 그 많은 꽃들을 볼 때면 땅에 묻고 유리로 장식하고싶은 생각이 불쑥불쑥 들었다. 그럴 때마다 그냥 꽃송이를 몇 개 따서 뱅뱅 돌리며 스스로를 달랬다.

'서정인, 미꾸라지 용됐지. 놀리는 사람도 없고 밥걱정 안해도 되는데, 꽃을 왜 묻어? 그냥 보이는 대로 아름다움을 느끼면 돼. 아직 치료가 더 필요해? 인제 다 나았어. 어린 날의 네 상처로 더는 아파하지 마.'

파란하늘이 눈부셨다. 꽃에 대한 애착이 조금씩 사라질 무렵, 쌀독에 양식없는 꿈을 꾸는 횟수도 줄어들었고, 친구들도 하나둘 생겨났다.

점심때가 지나서야 목적지에 도착했다. 나는 택시를 타고 곧바로 산소아래 도로까지 갔다. 대실은 비가 안왔다. 과수원길을 따라 올라간 뒷동산의 밭 한 뙈기만한 선산은 예전의 모습을 간직한 채 있었다. 할아버지와 할머니의 산소를 찾아 인사를 드렸다. 그아래에 어머니의 예측대로 가묘가 나란히 두 개 있었다. 예측이 아니라 어머니가 생전에 혼자 다녀갔는지도 모르겠다는 생각이 미치자 나는 아비지와 작은엄마의 가묘를 두 개 다 파엎고싶었다.

'소박당한 지 10년도 넘었구만, 미쳤다고 여기다 뿌려달래. 작은엄마가 독하다고? 독하니까 아직 새파랗게 젊은데 묘자리까지 벌써 차지하고있잖아. 엄마는 정말 바보야, 바보!'

청개구리이야기가 생각났다. 마음과는 달리 어머니께도 그리 살갑게 대하지 못했던 내게 정말 여기에 뿌려달라는 그말이 진실일까 하는 의문이 들었다.

임종을 앞둔 여윈몸으로 어머니는 내게 말했다.

'느그 아부지 대구 공장에서 불만 안났어도 니 다리 수술해 준다캤는데….'

'내가 언제 아버지 덕보고 살았어? 수술 안해도 잘만 살잖아.'

아버지 말만 나오면 더 퉁명스러워지는 나는 아픈 어머니께는 좀 다정하게 대답했으면 좋았을 텐데 그러지를 못했다.

'밑천없이 시작한 원단 장사, 공장도 짓고 마이 키웠는데, 불이 나갖고 다 망해묵고, 그래서 인자는 내가 죽어도 너를 너거 아부지한테 몬 맽기겄다.'

'맡긴다고 내가 가나? 밑천은 왜 없어? 다 까먹어서 그렇지. 우릴 버려서 벌받은 거 아니고 뭐야.'

'그래도 그런 소리는 하지 마라. 느그 아부지 아이가.'

'아버지는 무슨 자격으로 아버지야!'

'내 죽으믄… 시집도 안간 너를 우짜꼬. 우리 정인이 불쌍해서 우짜꼬.'

어머니는 죽는 자신의 일은 안중에도 없고 내 걱정만 했다.

'너 하나 잘 키와서 약대 보냈으니, 나는 원도 한도 없다. 너거 아부지 몰래 선산에다 내 뼈나 뿌려조라.'

'왜? 하필이면 그집 산에다가? 엄마는 징글징글 하지도 않아? 그럴 순 없어.'

'그냥 이유 캐묻지 말고 그리 해줘라, 정인아.'

어머니의 눈빛이 너무 간절해서 나는 잠자코 고개를 끄덕일 수밖에 없었다. 자궁암 말기 판정을 받은 지 4개월이 못되어 어머니는 그렇게 영영 눈을 감았다.

나는 마음을 바꾸어 어머니의 유골을 뿌리지않고 묻기로 했다. 할머니·할아버지의 묘위에는 소나무 열 그루를 심은 것으로, 다른집 땅과 경계선이 만들어져 있다. 아버지와 작은엄마의 가묘보다 훨씬 높은 곳, 제일 잘생긴 중앙의 소나무 아래를 나무토막으로 파기 시작했다.

'할머니, 내가 좀 구박한 거 용서하시고 끝까지 할머니 지킨 우리 엄

마 거기서 잘 거둬 줘.'

할머니가 듣고있기라도 하는 듯이 땅을 파는 내내 나는 중얼거렸고, 할머니도 그말은 들어줄 것같았다.

문득, 어린시절의 꽃장식을 한 번만 더 해서 유리조각으로 표시를 해 두고싶은 마음을 떨쳐버릴 수가 없다. 어쩌면 버스를 타고오면서부터 그런 생각은 계속되었던 것같기도 하다. 4방을 둘러보았다. 구절초가 지천에 피어있다. 급하게 꽃송이만 똑똑 따서 가방에 담았다. 산소 근처에서 한참 떨어진 곳까지 꽃을 따라가며 넘치도록 따서 눌러담아왔다.

'봐, 엄마. 이건 양식이야. 엄마 위에다 덮어줄 게. 엄마, 저승가면 잘 살라고 내가 마지막으로 꽃으로 예쁜 곳간을 만들어줄 게. 이건 모두 돈이고쌀이고 옷이거든.'

어머니의 유해가 담긴 도자기를 열어 나무로 판 구덩이에 신칀히 그것을 부었다. 도자기에 묻은 것까지 탈탈 털어서 다 뿌린 다음 그위에다 꽃송이가 위를 보게 덮었다. 북받쳤던 설움이 한 차례 터졌다.

'저승에서는 절대로 남한테 행복 뺏기지마. 그리고 나 이렇게 된 것 엄마 탓 아니라고 했지. 괜찮아, 한쪽 굽높은 신발 신으면 정말 표시도 안나. 나는 씩씩하게 살 테니, 아무 걱정하지 마아.'

꽃으로 한 층을 더 쌓고 또 쌓아 유리조각 대신 내 손수건을 펴서 얹었다. 흙을 덮고 다독거리는 동안, 눈앞이 흐려져서 아무것도 보이지 않았다.

수유리 아줌마한테 든 보험금을 받으면 집대출금 갚고 내 대학 공부는 물론, 다리수술비까지 나올 것이라며 내게 진 빚을 그렇게나마 갚는다는 어머니였다.

몇 시간을 나는 축축한 흙위에 앉아있었다. 혼자 울다가 중얼거리다가 정신을 차리고 일어나려는데, 다리에 감각이 없었다. 두 손으로 다리를 주무르다 아득히 동네를 내려다보았다. 옛집이 더러 남아있기는 하나 개성도 모양도 없는 양옥으로 개조된 동네가 낯설다.

몇 걸음을 걸어내려오던 나는 소나무의 모양을 눈여겨보다가 걸음을 멈추었다. 다시 올라갔다. 제일 가운데 소나무아래로 자리를 잡았지만 두 그루 중 어느 것인지 나중에 혼란스러울 수 있다. 꽃무덤위의 소나무밑둥치에서 50센티 정도 위쯤 되는 곳을 손톱으로 찍었다. 표시가 금방 지워질 것같다. 볼펜을 꺼내어 그어댔다. 그래도 시간이 지나면 마찬가지일 것같다. 애초에 유골을 뿌려줄 생각이었기 때문에 모종삽 하나 가져오지않은 것이 후회가 되었다. 나는 이로 그자리를 물어뜯었다. 다음에 내가 왔을 때 알아볼 수 있는 표시가 확실해질 때까지 깊게 나무의 골을 팠다. 한참동안 찝찔하고 떫은맛이 입안에 돌았다.

모자를 눌러쓰고 산길을 따라 초등 학교 가는 길로 걸었다. 서쪽하늘이 노을로 물들기 시작하면서 오슬오슬 한기가 밀려왔다.

다리가 놓이고 큰길이 생긴 곳을 따라갔다. 어린시절, 구두를 잃어버렸던 산길로 접어들었다. 사람의 발길이 닿지않는 듯 무성했던 수풀이 힘없이 가라앉아있을 뿐 길의 흔적조차 희미하다. 시퍼렇게 흐르던 냇물도 물줄기가 약해졌다. 냇가로 내려가보았다. 따먹기도 아깝도록 탐스러웠던 산딸기나무와 잡목들이 단풍이 든 채 바람에 나부끼고있다. 다시는 오지않을 곳이라는 생각이 또 들어서 찬찬히 산자락을 훑어보았다.

그러던 나는 무엇에 끌리듯 바위아래의 나뭇가지에 시선이 꽂혔다. 기슭을 올라갔다. 부서진 바위조각이 아래로 떨어졌다. 바위가 있는 움푹 파여진 곳으로 벋은 나뭇가지에 신발 한 짝이 걸려있었다.

순간, 모든 것이 정지된 듯 귀가 먹먹해졌다. 어지럼증이 생겨나 산이 아래로 쏟아질 것같았다. 신발위에는 이끼가 살짝 끼어있었다. 나무는 언제 습기를 머금어서 이것을 품었을까? 잔먼지같은 흙이 쌓인 위에 파랗게 이끼가 낀 신발이 참으로 지루했다는 듯 나를 보았다. 풀줄기와 이끼로 친친 얽혀 오지게도 박혀있었다. 손이 떨려왔다. 이끼를

긁어내며 신발을 잡아뺐다. 먼지가 풀썩 나면서 구두는 삭아서 툭 끊어졌다.

아아, 8년이 지나도 나는 알 수 있었다. 그구두는 아버지가 내게 사다주었던 바로 그것이라는 것을.

나는 때때로 징그러울 정도로 기억력이 좋을 때가 있다. 열병이 나서 어머니의 등에 업혀 병원에 다니던 때 썼던 연두색의 가는 줄무늬 패러솔 색깔을 아직 기억한다. 뿐만 아니라 내가 아프기 전에 아버지와 함께 가족 사진 찍을 때 어머니가 입었던 남색 공단의 윤기나는 부드러운 한복과 제삿날 입던 빳빳하게 풀한 옥양목옷에서 나던 사각거리는 소리와 냄새같은 어린시절의 사소한 촉감들까지 생생하다. 잃어버린 신발의 빨간색 둥그스름한 코와 리본 장식같은 것은 눈을 감아도 아직도 또렷이 알 수 있다. 그것은 내 구두가 틀림없었다.

먼지까지 두 손으로 받친 구두를 들고 다시 산소로 향했다. 이것을 발견하라고 어머니는 나를 이곳으로 보냈다는 생각이 들었다.

'이 구두도 꽃상여를 태워 쉴 곳으로 보내주자.'

8년 동안이나 나를 기다렸으니 꽃잎을 덮고 묻힐 자격을 주어야 될 것같다.

가는 길에 보이는 꽃송이들을 또 땄다. 어머니소나무옆의 여섯 번째 소나무아래에 묻으면 두 그루가 무덤의 정 중앙, 센터가 되는 거라는 생각에 기운이 솟았다.

평소 전화를 걸지도 않던 아버지의 번호가 맴돈다.

*010-****-2587 - 이리 오와, 빨리 치루어. 2587 2587… . 마치 숫자들의 조합이 내 발을 움직이게라도 하는 양 걷는 느낌이 없다.

'엄마, 아버지도 형편이 어려우니까 다리를 안고쳐줬지, 마음은 그게 아닐 거야. 엄마말대로 다 용서하고 자유로워질 게. 오늘, 내 아픈 기억들은 모두 여기서 장사지내고 갈 게.'

어디선가 어머니가 고개를 끄덕이며 지켜볼 것만 같아 하늘을 올려다보았다. 산소로 가는 길이 아스라하게 안개에 쌓인 듯이 흐리다. 저녁노을의 붉은 빛과 어우러진 산기슭이 어릴 적 보았던 백만 송이보다 많아보였던 작약꽃밭처럼 아름다운 신기루로 보인다.

금방 해가 떨어질 거다. 나는 발걸음을 재촉했다. 오래 전 운동회때, 날개를 달고 꽃속을 휘저으며 부르던 노래가 튀어나와 박자를 맞추었고, 나는 산소를 향해 뛰었다.

- 꽃밭에서 쉬어라, 나비야. 날개 쉬어 가거라, 나비야.
그리 가지 말아라, 거미줄에 걸릴라. 이리이리 오너라, 나비야.

들고가던 뛰어내리며 멀지않은 보지말았어야 안보려고해
도 올려다보며 하고있는 따라붙었다 가져오랬지 고장내
랬냐 교복위에 노란은행나무잎이 교문쪽을 옷심부름같은
우리집 어파트 교문앞에서 우리엄마와 동창생이라지않는
가 김치담은 호박따오면 나누어주기 여자어린이처럼 그
동영상은 찬우엄마가 희재엄마에게 네것내것없이 입고신
었다 '그만두라'는 데리고나왔다 우리형한테 하루이틀도
됐나보네 어린학생한테 물어봐 축하해 우리엄마가 가지
고나가려고만 뒤집어씌우려고 암말마 알고있거든 서있던
두서없이 물어보고싶었던 싸움꾼같지않은 학원갈 찬우엄
마가 우리엄마에게 진입하려하는데 찬우이름이 우리집으
로 되겠다싶어서 해야겠다싶었어 배꼽옆에 담뱃빵 학폭
위에 신고하고싶을 놔준다고했어 것같지않니 안떨어지면

<청소년소설 : 靑小說(단편)>

콜록콜록 처방전

선진이가 녀석을 밀치고 앞질러 계단을 내려갔다.

탁!

녀석이 들고가던 희재의 점퍼에서 핸드폰이 계단으로 떨어졌다.

"아, 핸드폰!"

녀석은 계단을 두 칸씩 뛰어내리며 그것을 주워들었다. 멀지않은 거리라 내 눈에도 액정에 금이 가고 먹통인 게 보였다. 녀석을 보지말았어야 했다. 안보려고해도 내 시야에서 맴도는 녀석이 딱하기도 하고 귀찮기도 하다.

"너, 어쩔래? 핸드폰 망가졌나 봐."

1층까지 내려간 선진이가 대여섯 칸위의 계단을 올려다보며 말했다.

"너랑 부딪쳐서 그렇잖아."

선진이를 향해 내가 소리를 질렀다. 선진이는 내 말을 들은 척도 않고 축구를 하고있는 희재에게로 뛰어가고, 운동장으로 내려가는 녀석을 따라 나도 주춤거리며 내려갔다. 무슨 구경거리라도 발견한 듯이 친구들 몇몇이 따라붙었다.

"주머니에 있는 핸드폰을 고장냈다고?"

벌써 선진이한테서 소식을 들었는지 희재는 어정쩡하게 걸어가는 녀석 앞으로 다가가서 스마트폰을 빼앗았다.

"이거, 비싼 거야. 내가 내 옷 가져오랬지, 핸드폰 고장내랬냐?"

희재는 핸드폰을 앞뒤로 살피며 난감한 표정을 짓다가 점퍼를 빼앗다시피 받아서 교복위에 걸쳤다.

"고치는 데 얼만지 알아보고 전화한다."

희재는 눈을 부라리며 윽박지르고는 패거리들과 멀어져갔다. 녀석은 얼마 남지않은 노란은행나무잎이 휘리링 떨어지는 교문쪽을 멀거니 쳐다보았다.

"왜 옷심부름같은 거 해갖고 또 걸려들고 그래!"

내 말에 녀석은 대답도 않고 발로 운동장의 흙만 퍽퍽 찼다.

"선진이가 점퍼를 잡아당기며 밀치는 거 같던데, 그래서 떨어진 거 아냐?"

한숨만 푹 쉴 뿐 여전히 말이 없는 녀석을 보며, 나는 가슴을 쳤다, 답답한 녀석.

찬우는 작년 케이(*K*) 중학교에 입학할 때부터 나와 한 반인 친구다. 집도 우리집 바로 길건너 새 어파트, 그러니까 한 동네이다. 학교에 늦어 뛰어가는 버스 정류장 근처나 교문앞에서 마주치는, 비슷하게 지각을 겨우 면하는 부류로 서로를 알아보는 사이였다.

그런데 학교에 잘 가지않던 엄마가 올해 학부모 총회에 참석하면서 만난 찬우의 엄마가 우리엄마와 중학교 동창생이라지않는가!

귀찮은 일이 당장 생기기 시작했다. 나는 질색을 하면서도 엄마의 말재주에 당할 재간이 없어 김치담은 것 갖다주기, 통영에서 올라온 전복 배달하기, 외갓집에서 상추와 호박따오면 나누어주기 등 심부름을 했다. 그렇다고 찬우와 내가 친하게 지낸 건 아니다.

그런 녀석이 언젠가부터 학교에서 어떤 사건의 가해자가 되는 사건이 터졌다. 조용하고 여자어린이처럼 예쁘장하게 생긴 그녀석이 현제를 때리는 동영상이 페북에 오른 것이 첫번째 사건이다. 그동영상은 전교생을 떠들썩하게 만들었다. 녀석이 남한테 피해를 주고 폭행을 할 친구가 아니라는 건 나뿐 아니라 우리반 친구들은 다 알지만, 증거물

앞에선 소문이 무성했다.

찬우엄마가 학교에 불려가 희재엄마에게 싹싹 빌고, 녀석이 교내 봉사 활동을 하는 것으로 사건은 일단락되는 듯이 보였다.

그러나 그것이 시작이었다. 희재는 찬우를 앞세워 크고작은 말썽을 일으켰다. 잔심부름도 곧잘 시켰고, 네것내것없이 옷이건 신발이건 입고신었다. 찬우는 눈에 띄게 말수가 줄었다. 거의 말을 하지않았다. 고개를 가로젓거나 끄덕이는 정도가 고작이었다.

다음날로 핸드폰을 고장낸 일은 금방 우리반에 퍼졌다. 계단에서 선진이와 부딪쳐 떨어진 건 싹 없어지고, 찬우만 또 문제를 일으킨 학생이 되어있었다. 나는 그녀석의 일에 신경을 쓰지않으려 하는데, 자꾸만 마음이 불편해졌다.

"아이폰이라서 수리비가 20만 원이래."

"찬우가 깼으니까 물어줘야지, 뭐. 새걸로 사주든지."

애들은 잘 알지도 못하면서 떠들어댔다.

"야, 니들 잘 알고나 말해라. 내가 어제 현장을 봤거든."

내 말에 급우들이 웅성댔다. 내친 김에 찬우에게도 말했다.

"선생님한테 말씀드리지. 너, 억울하잖아."

찬우는 고개를 가로저었다. '아니오'가 아니라 '그만두라.'는 뜻의 눈빛이다. 나는 녀석 가까이 다가가서 복도로 데리고나왔다. 급우들이 들으면 창피할까 봐 조그맣게 얘기했다.

"답답하게 고개로 그러지 말고 말로 해, 말로. 응?"

우리집에서 내가 고개로 대답하고 녀석처럼 의사 전달을 했다면 우리형한테 몇 대는 맞았을 거다. 찬우가 그런 형이 없는 것이 다행이다.

"...... ."

"억울한 거 없어? 주머니에 있던 폰, 떨어지기 전에 네가 봤어? 네가 망가뜨린 거 맞아?"

다그치는 내 말에도 녀석은 여전히 말 대신 고개를 가로저었다.

"요즘 착한 건 나 바보요, 하는 거래. 아니면 아니라고 똑바로 말해!"

나를 멀뚱히 쳐다보는 녀석을 두고 나는 화장실로 갔다. 좀 심했나싶었지만, 정말 바보같이 매번 당하기만 하는 것같아서 화가 났다.

학원 다녀오는 버스에서 나는 핸드폰 가게안에 있는 희재를 보았다.

'휴대폰 특급 혜택'이라는 큰현수막이 걸려있는 버스 정류장 근처 가게다. 핸드폰 한 번 만져보지도 않았던 찬우는 그냥 돈을 물어줄 거다. 엄마끼리 친한 건 엄마들 사정이고, 이게 무슨 오지랖인가 하면서 외면할까 했다.

그렇지만 나는 어느새 내릴 곳이 아닌데도 버스에서 내리고있었다. 뛰어서 핸드폰 가게로 갔는데 희재가 보이지않았다.

"아저씨, 금방 여기 들어왔던 학생 어디 갔어요?"

나는 몇 사람 중 가장 잘 알 것같은 아저씨에게 물어보았다.

"누구? 여기 있던 학생? 중학생?"

"네, 혹시 액정 고장난 거 때문에 오지않았어요?"

"이거?"

아저씨의 손에 희재의 핸드폰이 들려있었다.

"네! 아저씨, 아니 사장님! 그거 바꾸는데, 20만 원이면 너무 비싸요. 좀 깎아주시면 안돼요?"

내 목소리가 컸는지 저쪽에서 컴퓨터 자판을 두드리던 누나가 내 쪽을 쳐다보았다.

"여기는 핸드폰 수리 센터가 아니거든. 걔도 하루이틀도 아니고, 며칠 째 열두 번도 더 와서 이것저것 비교하더니만, 너도 같은 과냐?"

"네? 희재 핸드폰 액정이 언제 깨졌는데, 며칠째 와요?"

" '빼빼로데이' 때 깨졌다더라. 4일 됐나보네. 근데 넌 그게 왜 궁금하냐?"

"헐!"

아저씨는 귀찮은 기색이 역력했다. 그렇지만 내 귀에는 내게 필요한 말만 들렸다.

4일 전이라면 날짜가 맞지않는다. 찬우가 떨어뜨린 건 어제다.

"사장님! 진짜죠? 4일 전에 액정 망가진 거요."

"아이참, 내가 뭐 하러 어린학생한테 거짓말을 하겠니? 아까 걔네 엄마랑 와서 새 폰으로 바꿨어. 아직 개통이 안돼서 왔다갔다 하는데, 또 올 거야. 오면 물어봐. 바쁘니까 저쪽으로 좀 비켜줄래?"

나는 희재가 올 때까지 기다려보기로 했다. 20분 쯤 기다렸을 때 희재가 나타났다. 나를 발견한 희재는 당황했다.

"어! 너 핸드폰 바꿨다며? 축하해."

나는 태연한 척 먼저 말을 걸었다.

"응, 우리엄마가 3학년 되면 공부 열심히 하라고 바꿔줬어."

아저씨가 개통이 되었다며, 새 핸드폰에 대해 설명했다. 희재는 이미 알고 있는 듯 건성으로 듣고 얼른 핸드폰을 가지고나가려고만 했다.

밖으로 나오니, 어느새 깜깜해져 있었다.

"넌 왜 나를 따라와?"

희재가 기분나쁜 표정으로 내게 물었다.

"찬우가 안됐어서 그래."

“네가 무슨 상관이야. 그래서 안물리고 새로 바꿨잖아!”
“그럼 찬우가 망가뜨린 게 아닌 건 맞네.”
희재가 발걸음을 멈추고 내 앞에 바로 섰다.
“그래서 어쩔 건데!”
희재는 나를 한 대 치기라도 할 기세였다.
“찬우한테는 말해줘야 되지않겠냐?”
“네가 찬우 대변인이야? 피해 안가게 할 테니, 걱정 말고 꺼져.”
희재는 나를 째려보고는 발길을 돌렸다.
“너, 그럼 처음부터 찬우한테 뒤집어씌우려고 계획한 거였어?”
몇 발짝 따라가며 내가 희재 뒤통수에 대고 쏘아붙였다.
“참 집요하네. 변상 안시킨다고 하잖아. 이일 떠벌리고 다니면 너, 죽을 줄 알아. 니네 반 친구들한테도 암말마, 나 다 알고있거든.”
기가 막혀서 나도 찬우처럼 말이 나오지않았다.
“나도 괴로웠다고. 소문내지마.”
비겁해진 희재는 약간은 누그러진 목소리로 내게 다짐하듯 말하고, 핸드폰을 켜면서 사라졌다.

우두커니 서있던 나는 정신을 차리고 찬우에게 전화를 했다. 여덟 번 울렸을 때에야 녀석이 받았다. 할 말이 많았다.

"찬우야, 짜식아. 걱정하지 마."

다짜고짜 그렇게 말 한 내 목소리가 떨렸다.

"……."

"찬우야, 희재 핸드폰 망가진 거 네가 그런 거 아니야. 내가 증거를 잡았어."

"뭐? 핸드폰이 어쨌다고?"

"그래, 그렇게 말을 해, 말을."

정전되었던 방에 전깃불이 들어온 느낌이다.

"희재 핸드폰 오늘 새걸로 바꿨거든. 그게, 핸드폰이 어제 깨진 게 아니고 4일 전에 망가졌던 거래. 그러니까 네가 그런 거 아니라고. 걱정하지 말라고. 네가 돈 안물어내도 된다고, 짜식아."

나는 두서없이 말했다.

"진짜야?"

"그래! 너, 전에도 억울하게 당한 거 많지? 말해도 돼. 봄에 페북 동영상도 네가 당한 거지?"

언젠가부터 물어보고싶었던 질문을 했다. 싸움꾼같지않은 찬우가 어설프게 희재를 때리는 장면이 믿기지않아서 나는 몇 번이나 동영상을 다시보기 했던 기억이 생생하다.

"말한다고… 뭐가 달라져?"

"달라지지. 네가 누명을 벗고 자유로워지지."

전화를 통해서도 녀석이 머뭇거리는 게 느껴졌다.

"괜찮아, 내가 다 들어줄 게. 얘기해 봐."

"다음에…."

"다음은 무슨 다음이야! 지금 말해."

"나 지금 태권도 학원갈 시간이라서…."

"알았다, 알았어. 내가 지금 누굴 붙잡고 얘길 하냐. 얼른 가라."

전화를 끊자 나는 픽 웃음이 나왔다. 몸도 약하고 부끄럼이 많아서 태권도 학원에 보낸다고 찬우엄마가 우리엄마에게 말하는 걸 들은 적 있다.

전화를 끊고 버스 정류장으로 가는 길목으로 겨울을 알리는 찬바람이 덮쳐왔다. 어제 내린 비로 젖은 낙엽을 비벼밟으며 걸었다. 노란은행잎이 조명처럼 환했다.

엄마아빠는 김장배추를 구하러 원주외갓집에 가시고, 형도 도서관에 간다고 나가주었다. 나는 컴퓨터게임을 마음껏 할 기대에 부풀어 과자 두 봉지를 뜯어놓고 컴퓨터 앞에 앉았다. 나는 이런 토요일이나 일요일엔 혼자 집에 있는 것이 행복하다.

쾌재를 부르며 배틀 그라운드에 진입하려하는데 전화가 울렸다. 뜻밖에도 찬우이름이 떴다. 찬우 번호는 저장은 되어있지만 별로 통화는 하지않았던 편이다.

“네가 웬일이냐? 나한테 전화를 다하고.”

나는 좀 귀찮기도 해서 퉁명스럽게 말했다. 찬우가 말 대신 기침을 했다.

“어, 왜? 전화를 했으면 할 말이 있을 거 아냐.”

“감기도 아닌데 자꾸 기침이 나.”

“왜? 그럼 독감이냐?”

“아니야. 나 잘한 건지 너한테 물어보려고. 엄마한테도 말 안한 거.”

“말을 해야 잘한 건지 아닌지 알 수 있지. 무슨 일 있어?”

녀석은 또 머뭇거렸다.

“아이고 답답해라. 야, 너 어디냐? 우리집으로 올래?”

“그럴까?”

선뜻 오겠다는 녀석은 채 10분도 되지않아 우리집 벨을 눌렀다. 심부름 아닌 일로 온 건 처음이다. 녀석 얼굴에 화색이 돌았고, 살짝 웃고

있었다.

"너, 뭐냐? 좋은 일 있어?"

찬우는 내 방으로 와서는 매트리스를 몇 번 출렁이더니, 침대위에 앉았다. 이친구가 왜 이리 안하던 짓을 하는지 감을 잡을 수 없었다.

"전화 고장낸 값은 안물어도 된다고 했어, 희재가."

"당연하지. 네가 고장 낸 게 아니니까."

"그 대신 그친구들이 나한테 담배를 가르쳐준댔는데…?"

순간 녀석은 콜록거리며 기침을 해댔다.

"뭐야, 담배를?"

"응, 근데 이번엔 내가 이긴 거같애. 아, 근데 지금도 자꾸 기침이 나."

녀석이 쑥스러워하며 웃는 게 귀여울 정도다.

"알아듣게 얘길 해봐. 구체적으로."

기침을 멈추고 목소리를 가다듬으며 또 한참을 머뭇거리던 녀석이 말했다. 어젯밤에 에스(S) 초등 학교 후문있는 곳 후미진 곳에서 희재 패거리가 억지로 담배를 피우라 권했다는 거다. 돈을 물리지 못해 그런 것같다며, 이참에 죽기살기로 그들로부터 헤어나야겠다는 결심이 섰다고 했다. 불을 붙인 담배를 한방에 거절해야 되겠다싶어서, 참을 수 없다는 듯이 기침을 해대며 연기를 피했다고 내 앞에서 그 제스츄어를 취했다. 할아버지가 폐암으로 돌아가셨다고 거짓말까지 했는데, 떨려서 죽을 뻔했다고도 했다.

"어떻게든 해야겠다싶었어. 온힘을 다해서 기침을 했지. 곧 쓰러질 것처럼 격하게. 그런데 웃긴 건 집에 왔는데도 기침이 계속 나더라고."

"그럼 그게 연기였다 그거야?"

"응!"

이렇게 천연덕스럽고 또박또박 말도 잘하는 녀석이 그동안 왜 그리 겁쟁이처럼 끌려만 다녔나 의아스러울 지경이다.

"잘했다, 짜식아. 어떻게 그런 생각을 했니? 기특하게! 돌아가신 니네 할아버지도 잘했다고 하셨을 거야, 하하하."

나는 참지않고 마음껏 웃었다.

"어떻게든 벗어나고싶었으니까."

녀석도 웃었다. 웃는 모습을 그동안 참 못 본 것같아 낯설었다.

"그랬더니 그녀석들이 순순히 믿기는 했어? 그게 중요해. 너 연예인 오디션 봐야겠다, 야!"

나는 녀석을 넘어뜨리며 간지럼을 태웠다. 녀석은 갑자기 안색이 변하더니, 배를 움켜쥐었다. 나는 놀라서 녀석이 입고있는 후드집업을 들추었다. 찬우가 얼른 덮었는데도 나는 배꼽옆에 발그레하게 동전만한 자국이 찍혀있는 걸 보았다.

"너, 이거 뭐냐?"

"아무 것도 아니야!"

상처를 감추려는 찬우손을 힘이 더 센 내가 꽉 잡고 다시 옷을 들추었다. 화상 자국이 분명했다.

"너, 이거 담뱃빵 아니냐?"

조금 전까지 환하게 웃던 찬우가 금방 눈물을 떨구었다.

"아무한테도 말하지마, 준수야."

입술을 삐죽거리며 참으려하던 찬우의 울음이 격해졌다.

"이자식들, 학폭위에 신고할 거야! 친구를 어떻게 이렇게 만들 수 있어?"

나도 눈물이 나고 목울대가 뻣뻣해지며 아파왔다. 당장 파출소에 가서 신고하고싶을 정도로 분노가 치밀었다.

"그래도 이젠 완전히 놔준다고했어. 대신 소문이 나면 안돼."

애원하듯이 찬우는 내게 비밀을 지켜달라고 했다.

"그렇다고 이렇게 대가를 치르는 게 어딨냐, 이건 아닌 거같다."

나는 엄마가 요리하다가 데었을 때 바르던 화상 연고를 찾아 상처

부위에 발라주고 집에 가서도 치료하라고 약을 녀석주머니에 넣어주었다.

"진작 좀 세게 나오지. 왜 그렇게 끌려다녔어? 심부름 다하고, 옷도 신발도 갖다바치고…."

"친구가… 친구가 없어서 그랬어."

기어가는 소리로 말하는 찬우 앞에서 나는 얼굴이 화끈 달아올랐다.

"나를 이렇게 미안하게 하니? 나 있잖아, 박준수! 아들끼리도 친구, 엄마끼리도 친구. 2대 연속 친구."

나는 내가 그동안 친구 역할을 못한 것을 앞으로 잘하겠다는 다짐이라도 하는 양 너스레를 떨었다.

나에게 큰비밀을 들킨 찬우는 더는 못할 말이 없을 거라는 생각이 들었다. 나는 궁금하고 의아했던 동영상 건을 물었다.

녀석은 얘기하기가 쉽지는 않은 듯 했지만, 울먹거리며 말을 더듬기도 하다가 또 쉬었다가 결국 작심한 듯이 말해주었다.

"음… 현제하고 말다툼이 벌어졌는데… ."

"희재가 책임진다고 패주라고 했지?"

"어, 어떻게 알았어?"

녀석이 때린 것만 동영상에 찍히고 희재가 현제 팔꺾은 것과 발로 찬 건 안 찍혔다는 것과, 희재하고 다니면 친구들이 함부로 안해서 심부름같은 것도 했다는 것. 날마다 찜찜해서 그만두고싶었다는 얘기를 해주었다.

피해자와 가해자가 뒤바뀌는 일이 뉴스에서나 나오는 줄 알았는데, 내 주위에서 그것도 교육의 현장인 학교에서 버젓이 벌어지고있다는 게 놀라울 따름이다.

"잘했어. 앞으론 하기 싫은 건 하지마. 내가 너를 믿어주고 친구가 되어줄 게. 참, 저번에 한 말 취소야."

"뭔 말?"

"착한 건 바보라는 말."

"그말은… 내가 착하다는 거?"

녀석은 손가락으로 자기얼굴을 가리키고는 코를 비비며 다시 웃었다.

"네가 안착하면 우리나라엔 착한 학생은 한 사람도 없다는 거지. 어쨌거나 너, 아니 나도야. 이번 겨울에 우리 폭풍 성장했다. 우리 좀 철든 것같지않니?"

"아직 가을이야. 나뭇잎이 아직 다 안떨어지면 가을, 다 떨어지면 겨울! 그러니까 아직은 가을."

이렇게 낭만적이기까지 한 녀석을 나는 곱게 째려봤다. 우리는 더 빨리 친해졌어야 될 사이였나보다. 내 마음에도 동전만한 구멍이 하나 뚫린 것같이 아프기도 하지만, 나를 찾아온 찬우의 용기에 찬물을 끼얹을 순 없다.

"어쨌든 지금 당장은 콜록콜록으로 스스로 처방전을 내려 위기를 한 방에 날린 것만 생각하고 다른 건 또 의논하자. 그럼 김찬우 선수의 자유를 축하하는 의미로다가 나랑 한 게임 붙어볼까?"

"배틀 그라운드!"

찬우와 나는 동시에 말하고는 오른손으로 하이파이브를 했다.

짝! 하는 소리에 내 방이, 우리 아파트가, 지구가 흔들렸다.

〈제3편/청소년소설 : 靑小說(단편)〉

복숭아꽃향기따라

유리창너머에 그러안았다 거친숨을 제삿상쪽으로 술주사만 올라캤는데 울기시작하는 이해되지않았다 통곡소리는 그러지않아로 우리집을 붙잡고나왔다 동네분들이 도와준다고 안살라꼬 언덕위의 찬바람맞고 다리아래로 것이라 고믿는다 언덕아래에서야 북숭아꽃아래 나무아래에서 꽃다지같은 온하늘에 지난겨울의 읍내장터에서 붙이고섰다 안놔둘끼다 개고있던 뒤집어엎노 팔아묵었으문 사람같았다 맨정신으로 몬견디겠다 날리고있었다 아무말없이 떨어지지않았다 잠들어있는 무섭고미운 눈말위로 밀려오고 있었다 안된다 안때리잖아 것같았다 엄마말 사준기 언제 라캤노 그앞에서 가지끝에 분홍색꽃잎들이 나타나지않았다 기쁘지않았다 엄마없는 복숭아나무를 세워놓은 집일까싶어서 안하나 살궁리를 벗어나고싶다 보고싶나 안델꼬왔노 찾으러올까 그라고나서 이죄를 붙잡고일어났다 흩날리고있었다

<청소년소설 : 靑小說(단편)>

복숭아꽃향기따라

자꾸만 창밖으로 눈길이 갔다.

한나절이 지나서야 조금 열린 유리창너머에 엄마가 나타났다. 마당을 가로지른 엄마는 단걸음에 안방으로 들어왔다.

"아이고, 준석아! 내 새끼 얼마나 놀랬노."

엄마의 얼굴은 핏기 하나 없었다. 엄마가 나를 억세게 그러안았다.

"…."

나는 반가움을 억누른 채, 굳은 표정으로 엄마품에 안겼다.

"준석아, 아이고 준석아!"

거친숨을 몰아쉬며 엄마는 내 얼굴을 연신 쓰다듬었다.

내 이름을 계속 부르던 엄마가 제삿상쪽으로 고개를 돌렸다. 그러곤 갑자기 병풍을 젖히고 아빠의 시신쪽으로 갔다.

"죽기는 와 죽노? 술주사만 없으믄 내가 올라캤는데, 이래 정떼고 갈라꼬 나한테 그리 함부로 했나? 아이고…."

미워하는 아빠를 부둥켜안고 꺼억꺼억 소리내어 울기시작하는 엄마가 이해되지않았다.

아무도 엄마를 말리는 사람은 없었다. 어젯밤 병원에서 닦아낸 상처에 다시 피가 흐르지나 않을까 걱정되었다.

엄마의 통곡소리는, 그러지않아도 어두운 우리집을 더욱 음산하게 했다. 초상집이라고 해도 찾아오는 사람도 별로 없다. 하나밖에 없는 일가 친척인 3촌댁 식구와 동네사람 몇몇이 고작이다. 숙부(3촌)가 병풍 뒤에 있는 엄마를 붙잡고나왔다. 그러면서 병원에 가면 비용만 나고, 동네분들이 도와준다고 해 집에서 장례를 치르게 되었다고 설명했다.

"내가 사정 다 아니까 형수 원망은 안할 게요. 그런데 이기 무신 약인지는 알아요?"

한 번도 눈물을 안보이던 숙부(3촌)는 우욱거리며 문갑을 열고 비닐 봉투에 든 약봉지를 꺼내 엄마에게 디밀었다. 울음을 멈춘 엄마는 영문을 모르겠다는 표정으로 약을 받아들었다.

"세상을 안살라꼬 마음 묵었던 기라. 그라이 약을 하나도 안묵고 이래 모아논 거 아이것소."

나는 더는 참을 수 없었다. 집나간 엄마에게 이제 와서 무슨 소용이 있다고 그런 애기를 해주는 것일까.

엄마에 대한 미움이 솟구친 나는 방에서 나왔다.

사람들을 피해 언덕위의 복숭아밭으로 뛰어갔다.

'울지 말아야지.'

이를 악물었지만 눈앞이 뿌옇게 흐려왔다. 눈물의 양은 얼마나 되기에 그렇게 많이 쏟아냈는데도 끝이 없는 것일까.

복숭아꽃이 활짝 피어있다. 이렇게 꽃이 피기까지 찬바람맞고 묵은가지 쳐내며 애쓴 아빠만 불쌍한 생각이 든다. 숙부(3촌)는 아빠가 일부러 다리아래로 떨어졌을 수도 있다고 했지만, 나는 절대로 그렇지는 않을 것이라고믿는다. 나를 남기고 그랬을 리는 없을 것인데도 남들이 이러쿵저러쿵하는 것이 못 견딜 지경이다.

언덕아래에서야 무슨 일이 있든, 여기는 온통 분홍빛의 평화다.

이렇게 많이 피어있는 이꽃은 엄마가 가장 좋아하는 꽃이다. 복숭아꽃은 향기가 별로 없는데도 꽃이 필 때면, 엄마는 아예 복숭아꽃아래 민들레꽃밭에 자리를 펴고 앉았다. 그늘보다 햇빛이 더 많이 드는 나무아래에서 흠흠 꽃향기를 들이마셨다.

지천에 핀 냉이꽃이나 꽃다지같은 풀꽃에서 나는 봄향기가 더 진하다. 나도 엄마처럼 아득히 먼곳을 바라보았다. 따뜻한 봄기운에도 별스럽게 한기를 느끼며 나는 으스스 떨었다.

온하늘에 떠있던 구름을 전부 가루로 만들어 뿌리듯, 눈이 많이 내리던 지난겨울의 혹독했던 날이 떠올랐다.

읍내장터에서 술에 취해 돌아온 아빠는 엄마부터 찾았다.

"느그 엄마 어데 있노?"

아빠의 눈빛이 섬뜩했다.

"…!"

겁에 질린 나는 벽쪽에 몸을 붙이고섰다.

"오늘은 내, 가만 안놔둘끼다."

빨래를 개고있던 엄마는 피할 틈도 없이 발길질을 당했다.

엄마는 돌이 막 지난 준희를 뒤로 밀며 막아섰다.

"간도 크제. 어디 사내들 노는 곳에 와서 판을 뒤집어엎노, 엎기를! 내 얼굴에 똥칠을 할라꼬 작정했제, 엉?"

아빠는, 엄마가 아빠의 화투판을 뒤엎은 것에 분노했다.

"노름해서 논밭 다 팔아묵었으문 됐제. 마지막 남은 과수원까지 날릴

라꼬?"

엄마는 아빠의 말을 받아치며 대들었다. 하지만 아빠는 눈에 보이는 게 없는 사람같았다.

쓰러진 엄마에게 또 매질을 했다.

엄마를 가로막은 나도 방바닥에 나동그라졌다.

준희가 입술이 파래지며 울었다.

"내가 맨정신으로 살겄나? 어? 뼈꼴 빠지게 농사지어도 인건비에, 농협 이자에, 남는 기 뭐 있노? 남자들 모이믄 화토갖고 쫌 노는 걸 갖고 예펀네가…."

집안을 아수라장으로 만든 아빠는 제풀에 꺾여 쓰러졌다. 그러곤 곧바로 코를 골며 잠들었다.

장이 서는 날이면 으레 술에 취해 집에 들어오는 아빠는 까닭없이 엄마를 때리곤 했다. 평소엔 색시라는 별명을 가질 정도로 조용한 아빠가 술이 들어가면 그렇게 변하는 것을 납득할 수 없다. 어서 자라서 힘이 세지고 싶은 것만이 내 간절한 소망이다.

그날의 아빠는 잠에서 깨면 무슨 일을 낼 것만 같았다.

나는 번쩍 정신이 들었다.

"엄마."

기절한 듯 누워있는 엄마를 흔들었다.

한 쪽 눈이 시뻘겋게 부은 얼굴을 돌려 엄마가 나를 보았다. 그냥 두면 안될 것같았다.

"엄마, 준희 델꼬 외갓집으로 도망가."

아빠가 깰까 봐 조마조마해서 엄마의 귀에다 대고 말했다.

"그래, 준석아. 아빠 일어나기 전에 우리가 여길 떠나자. 나도 더는 몬견디겠다."

정신을 차린 엄마가 부스스 일어났다.

주섬주섬 떨리는 손으로 옷가지 몇 개를 챙겼다.

엄마는 마음의 준비를 하고 있었던 게 분명하다.

밖은 꽁꽁 얼어붙은 길위에 눈발이 날리고있었다.

"조심해라, 준석아."

준희를 업은 엄마가 앞장서며 말했다.

엄마를 따라 미끄러운 길을 한참이나 내려가던 나는 걸음을 멈추었다.

"와 그라노, 어서 가자."

채근하는 눈빛으로 엄마가 나를 밀었다.

"…."

나는 아무말없이 집쪽을 뒤돌아봤다.

"준석아, 퍼뜩 가자."

엄마가 내 손을 잡아끌었다. 하지만 나는 차마 발이 떨어지지않았다. 혼자 잠들어있는 아빠 때문이었다. 무섭고미운 아빠지만 혼자 남겨두고 갈 수는 없었다. 나는 엄마에게 가방을 건넸다.

"준희 델꼬 엄마만 가아. 난 방학 끝나면 학교도 가야 되고, 아빠도…."

말을 잇지 못한 나는 하늘을 올려다봤다. 어지러운 하얀 눈발위로 어둠이 밀려오고있었다.

"안된다. 어린 니를 두고 내가 어찌 가노?"

"빨리 가아. 아빠 깨면 엄만 죽어."

나는 또 가방을 내밀었다.

"준석아!"

엄마가 나를 덥석 안았다.

"아빠가 나는 안때리잖아. 내 걱정 말고 빨리 가아, 엄마. 나 다 컸어, 인제 중학생 되잖아."

엄마 얼굴에도, 내 얼굴에도 눈물이 얼룩졌다. 눈물위에 눈보라가 휘몰아쳐, 얼굴이 금방 얼어붙는 것같았다.

하얀 입김을 뿜으며 흐느끼던 엄마는 결심한 듯 말했다.

"준석아, 엄마말 잘 들어라이. 내가 니를 꼭 데리러 올끼다. 집으로는 안될기고, 학교로 편지할 게."

"중학교 배정도 안됐는데, 어디 학교로 갈지 알고 편지를 해. 하지 마세요."

엄마는 준희를 한 번 치켜업으며 말했다.

"중학생되면 사준다꼬 핸드폰 새로 몬 사준기 미안하네."

지난 여름에 핸드폰을 떨어뜨려 고장이 났다. 괜찮다며 중학교 입학할 때 최신 폰으로 사달라고 말한 건 나다. 그일이 이렇게 엄마에게 전화 번호도 못 알려줄 일로 커질 줄 몰랐으니까.

"오늘이 12월 17일이제. 딱 한 달 있다가 1월 17일 장날에 니를 데릴러 올끼다. 잘 기억해라이. 내가 언제라캤노?"

"1월 17일."

"그래, 1월 17일이다이. 그날 오후, 시장 골목 수철이네 튀밥 튀우는 데 알제?"

"응."

"3시쯤으로 하자. 그날 그앞에서 만나자. 내 꼭 데릴로 올 게."

엄마의 그말은 오랫동안 내 마음속에 메아리쳤다.

'내 꼭 데릴로 올 게… 데릴로 올 게… 데릴로….'

복숭아나무 가지끝에 앉았던 새가 날아갔다. 그러자 분홍색꽃잎들이 흩날렸다. 마치 엄마가 집을 나가던 날 밤의 눈송이들처럼.

달력의 1월 17일에 동그라미를 그려놓고 기다렸다.

그러나 엄마는 약속한 날, 약속 장소에 나오지않았다. 나는 그날 오후 내내 시장골목을 서성였고, 짧은 겨울해가 졌다. 일을 끝낸 수철이 형네 할아버지가 뻥튀기 기계를 손수레에 실었다. 나는 그때까지도 그 골목에서 자리를 뜨지 못했다. 엄마는 끝내 나타나지않았다.

'이상하다. 약속은 꼭 지키는 엄만데….'

나는 고개를 갸웃거리며 되돌아섰다.

'무슨 일이 생긴 걸까?'

궁금증과 불안함을 달래며 터덜터덜 걸었다. 나의 기대를 무너뜨린 엄마가 미웠다.

집으로 돌아오는 길은 이가 따닥따닥 부딪칠 정도로 추웠다. 혼자 걸어오는 밤길이 그날은 무섭지도 않았다.

"준석이 왔나? 배고프겠다."

아빠는 늦게 들어온 나를 혼내지않고 밥상을 차려주었다. 아무 설명 없이 달력에 동그라미로 표시해 놓은 걸 아빠가 무슨 신호로 알았을 리 없다는 생각을 하면서도 아차, 싶었다.

얼마 지나지않아 설날을 맞았다. 나는 열네 살이 되었고, 남들은 즐거운 설날이지만 나는 조금도 기쁘지않았다. 엄마없는 설날은 쓸쓸하기 그지없었다.

"설날에는 꼭 올 줄 알았는데…."

엄마에 대한 미움의 두께가 더 두꺼워졌다.

훈풍 한 자락이 복숭아나무를 흔들고 지나갔다. 바람에 복숭아꽃잎들이 또 흩날렸다.

"준석아! 준석이 어데 있노?"

멀리서 나를 찾는 숙부(3촌)의 목소리가 들려왔다. 나는 숙부(3촌)가 나를 찾지 못하게 풀밭에 납작하게 드러누웠다.

날이 갈수록 아빠는 말이 없어졌다.

나를 위해서 하루하루를 겨우 살아가는 것같았고, 기침소리가 심해졌다.

"준석아, 밥묵자."

아빠는 꼬박꼬박 밥상을 차려왔다.

"밥이 문제가 아이고, 아빠 병원에나 가요. 무슨 감기를 그리 오래 앓아?"

"그래, 알았다. 준석아, 니는 엄마 어데 갔는지 알제?"

힘없는 목소리로 물었다.

"나도… 몰라요."

나는 딴청을 피울 수밖에 없었다.

"느그 외갓집에도 안왔다 카더라."

아빠의 그말에 가슴이 철렁 내려앉았다. 역시 엄마를 찾으러 부산 외갓집에도 갔었나보다. 아빠에게 들킬까 봐 엄마는 다른 곳에 있을지도 모른다. 들키지않은 건 다행이다.

"느그 엄마한네 내가 죄를 마이 지었제. 니한테도 몬 할 짓이고."

아빠는 복숭아나무 가지치기가 늦었다며 채비를 하고 나가다가 나를 돌아보았다.

"준석아, 아빠 없으믄 느그 엄마랑 복숭아농사 짓고 살 수 있것나?"

"아빠가 있어야지. 엄마는 농사일 잘 못하잖아."

"그렇제."

깊은 숨을 몰아쉬고는 아빠가 언덕으로 올라갔다.

아빠는 장날이 아니어도 술을 마셨고, 봄이 되었는데도 감기가 낫지 않았다. 병원에는 다녀왔어도 약을 제때 먹지않아서 봉지가 수북이 쌓였다. 나는 중학생이 되고, 봄은 왔다.

개나리 · 진달래가 피고지고 벚꽃도 봄바람에 다 날리더니, 파릇한 이파리가 돋아났다.

황사가 유난히 심해 먼지바람이 하늘까지 가득하다.

"내일이 이사람 생일인데…."

마루에 앉아 안주도 없이 술을 마시던 아빠가 일어섰다. 그러고는 창고앞에 세워놓은 자전거에 올라탔다. 아기들처럼 벨을 장난스럽게 누르며 언덕길을 내려갔다.

그런데 해가 지고 어둑어둑해 질 때까지도 아빠는 돌아오지않았다.

"읍내 술집에서 또 술타령하는갑다."

아빠를 기다리며 집앞에서 서성거릴 때 전화기가 울렸다.

"준석아! 준석아!"

수철이 형이었다. 다급한 목소리로 두 번이나 나를 불렀다.

"준석아, 느그 아빠가…."

수철이 형이 숨을 헐떡거리며 말했다.

“수철이 형! 우리 아빠가, 와?”

“여기 위천교 다리아랜데, 빨리 일로 와봐라.”

“위천교? 뭐야, 형!”

“느그 아빠가 다쳤다.”

나는 수철이 형의 다음 이야기는 듣지도 않고, 마을앞 위천교로 내달렸다.

먼저 눈에 들어온 건 다리아래의 돌밭에 넘어져있는 자전거였다. 그리고 그옆에 구부정히 엎어져있는 피투성이 아빠!

경찰 두 명이 사진을 찍고 전화를 하고있었다.

“이은리 쪽 다리 끝나는 커버길 아랩니다.”

경찰의 말이 붕붕 떴다. 내 몸도 체중이 느껴지지않을 만큼 가벼워졌다.

“아빠!”

술냄새와 피범벅의 아빠를 그러안았다.

“아바!”

발음이 제대로 나오지않았다. 아빠는 대답이 없었다.

찌그러진 자전거의 짐받이에 종이가방이 짓이겨져 있었다. 찢어진 종이가방속에서 삐져나온 건 새로 산 옷으로 보였다. 가로등불빛을 받아

복숭아빛으로 물들어있는 여자옷이었다.

"준석아, 상주가 자리를 지키야제."

어느새 엄마가 나를 찾아왔다.

"그날 와 안왔어요?"

한움큼 뜯은 냉이꽃을 던지며 내가 불뚝거렸다. 지난 1월 17일, 어긴 약속에 대한 화풀이였다.

"그날 말이가?"

"그래요. 여기는 뭐하로 왔어요? 아예 오지를 말지. 아빠가 죽든 말든. 내가 죽든 말든."

나는 더 불손하게 쏘아붙였다.

"그날 갔었다, 준석아."

엄마가 차분하게 말했다.

"오기는… 내가 밤중까정 기다렸는데 안오드만."

"너거 아부지가 있더라. 극장 들어가는 길앞에 술집있제? 그서 술마시고 있더라. 바로앞이라 내, 떨리서 몬 가겄더라. 기다리다 기다리다 차시간이 돼서 돌아갔다. 멀리서 준석이 니를 봤다."

엄마가 손으로 자신의 가슴을 훑어내렸다.

"정말이가?"

나는 엄마를 노려보았다.

"정말이다. 너거 아부지가 누굴 찾는 거같더라. 혹시 내가 오는 줄 알고 있는강 싶어서 니를 보고도 그냥 간기라."

"진짜 왔었나?"

"그래, 진짜다. 너거 아부지한테 잡힐까싶어서 내 그냥 안갔나. 그래도 그때 잡혔으믄 너거 아부지 안죽었을 낀데."

입술이 삐쭉삐쭉 일그러지며 엄마는 고개를 꺾었다.

내 가슴에서 뜨거운 불덩이가 끓어올랐다. 엄마가 나를 버린 게 아니었다.

온갖 설움이 북받친 나는 훅 울음을 터뜨렸다. 손에 잡히는 대로 민들레와 꽃다지 그리고 하얀 냉이꽃을 뽑아 던지면서 참았던 울음을 터뜨렸다.

"흐으, 으흐흐, 으흐흐흐…."

"울고시푸믄 울어라. 실컨 울어라."

엄마는 눈물을 닦아주며, 들썩이는 내 어깨를 쓰다듬었다.

"엄마…."

나는 엄마의 가슴에 얼굴을 묻고 또 울었다.

"내가 죄가 많다. 너거 아빠가 감기가 아이고 암이었다 안하나, 폐암."

엄마가 가슴을 치며 울었다.

"기가 막히다. 난 정말 느그 아빠 그리 아픈 줄 몰랐다. 감기는 달고 살아도 술병인줄 알았고, 나만 힘들다고 원망함서 살았다. 어른이라고 하기가 부끄럽다. 이래 죽을 줄 내가 어찌 알았겠노?"

엄마의 가슴이 흐느낌을 따라 쿵쿵 떨렸다.

"숙부(3촌)가 그랬어. 다리를 건너오다가 술에 취해서 굴렀든지, 세상이 싫어서 굴렀든지, 그것도 다 명이라고. 명짧은 사람 원망말고 남은 사람 살궁리를 해야 된다고."

나는 일부러 철이 든 것처럼 말했다.

"어린 니가 감당하기에는 너무 가혹하다."

나도 이런 상황에서 빨리 벗어나고싶다.

"아빠 너무 미워하지마. 아빠도 세상사는 게 너무 무서웠던가 봐."

"불쌍하다, 모두."

그러고는 엄마가 울기만 했다. 침묵이 싫었다. 내가 뭐든 해야 할 것 같다.

"준희는?"

함께 오지않은 준희 안부를 물었다.

“준희, 보고싶나?”

“그럼, 내 동생인데… 와 안델꼬왔노?”

“내일 외할머니가 델꼬 올끼다.”

“내일?”

“음. 준희가 몸이 좀 약하다. 떠나던 날 밤에 막차가 끊어지서 다시 동네로 안왔나. 너거 아부지가 찾으러올까 걱정돼서 정숙이네 광에서 밤을 꼬박 새왔다. 느그 아부지가 찾아왔을 때, 준희가 울었으믄 잡혔을 낀데, 그리 시끄러버도 안운 걸 보고 참 신통하다고 생각했제.”

“엄마아….”

엄마는 먼곳을 바라보며 다시 말을 이었다.

“주차장으로 잡으로 올까싶어서 그새벽에 준희 업고 두 정거장이나 앞질러 걸어서 안샀나. 버스를 탔는데 준희가 빳빳하더라 외갓집에 도착할 때까지 주물렀제. 내 정신이 아이더라. 그기 춥어서 기절을 해서 몬 울었던 모양이라.”

따뜻한 날씨인데도 한기를 느낀 나는 두 팔을 문질렀다.

“그라고나서 계속 아푸다. 이죄를 어찌 다 씻을꼬! 너거들한테 내가 죄인 아이가. 너거 아빠한테도….”

갑자기 엄마의 몸에서 힘이 쭈욱 빠져 쓰러질 것같았다.

"엄마!"

이번에는 내가 엄마를 부둥켜안았다.

엄마가 내 손을 더듬어 잡았다.

"준석아! 너거 아빠, 아빠 옆에 가있자."

나는 고개를 끄덕이며 엄마를 붙잡고일어났다.

복숭아꽃잎이 흩날리고있었다. 그 흐릿한 향기가 앞질러서 언덕을 내려갔다.

땅위로 가는 중

안와 이바보야 안돼! 안올 안오잖아 안된다니까 박차고 일어나서 냉장고앞으로 오렌지주스 반쯤 안와서 그러고는 차지않게 주지않았다 보고있기라도 보이지않을 이일이 알기어렵지만 그몰입이 할머니댁이 이동네로 이사오기 깔고누워있으면 어느새 궁전같은 안온다 방귀퉁이의 푸른색곰팡이가 싱크 대 잘록하고긴잔을 작은글씨로 13퍼센트 엄마답지않게 보랏빛물줄기를 3분의 1쯤 들어보이며 잊지않았다 떫고씁쓸하면서 그맛은 먹여주었다 이시렵다 지나지않아 우리집엔 냉장고앞에 온동네가 다음날 파란하늘을 반지하 그날밤 그보라색 안올 날같았다 냉장고문을 안열릴 그앞은 땅위로 거같니 저집 그때까지 장롱바꾼 우리집이 안돼서 배아파 그따위 그돈이 안된 배아픈 안잠긴 안되는데 안오고 그말 달려봐 이끌림속에 열기머금은 가로저었다 그때같이 들통나는 이시간 밤샘작업을 안하는 다큰준 그남자인지도 외숙부님(외3촌) 우리집으로 검은띠 티뷔(*TV*) 소리(볼륨) 다른집에서 남자목소리가 택배온 큰소리로 무섭고창피해서 놓고가세요 받아가야 울엄마 문열라니까 큰목소리로 현관문사이로 저따위 안열면 당겼다놨다 열쇠구멍에 것같았다 심장뛰는 침묵속에서 고함소리가 엿봤다는 움직여보려는데 부축해 들어오는데 뻗고앉으며 우리엄마 아차싶었다 이사가는 식탁옆에 긴병을 벽아래로 이밤에 길갓집이라도 이동네로 그밤에 아기(아이)를 살고싶어서 쓸어넘겨주며 보통일은 먹고산다는 우리딸 뷔(*V*) 자 파란하늘에…

<청소년소설 : 靑小說(단편)>

땅위로 가는 중

"아이, 짜증나! 잠이 안와."

다운이가 홱, 돌아누우며 투덜댔다.

"양 한 마리, 양 두 마리, 양 세 마리."

양을 세던 아름이가 다운이쪽으로 고개를 돌렸다.

"이바보야, 양 세면 더 잠 안와. 좋은 수가 있어!"

벌떡 일어난 다운이의 눈이 반짝거렸다.

"무슨, 좋은 수?"

아름이도 팔뚝을 긁으며 부스스 일어났다.

"엄마가 잠 안올 때 마시는 주스를 우리가 먹는 거야."

"안돼! 그건 어른 주스야."

아름이는 두 손을 내저었다.

"아주 쪼금 맛만 보는 거지. 우리는 지금 자야 되는데 잠이 안오잖아? 더 이상 무슨 이유가 필요해."

"안된다니까!"

다운이가 자리를 박차고일어나서 아름이의 손을 이끌었다. 곧장 냉장고앞으로 갔다.

예상대로 오렌지주스 옆에 내용물이 반쯤 남은 길쭉한 병이 있었다.

엄마는 '으응, 잠이 안와서.' 하며 묻지도 않은 대답을 하고 그것을 꺼내곤 했다.

그러고는 예쁜 잔에다 얼음을 넣은 다음 병을 기울여서 반도 차지 않게 아주 조금 따랐다. 다시 병은 냉장고에 넣고 둥글게 몇 번 잔을 돌려서 아주 조금씩 천천히 아껴가며 그것을 마셨다. 무슨 음식이든 자식이 먼저인데, 그것만은 엄마가 주지않았다. 말하자면 그건 엄마 전용 음료수다.

괜스레 누가 보고있기라도 한 것처럼 둘은 창문을 흘끔거렸다. 길에서 보이는 쪽 창문은 닫혀있어 밖에서 보이지않을 것인데도.

엄마는 늦을 때가 많다. 오늘밤도 야근이라고 연락이 왔다. 개봉동 어디에 새로 오픈하는 매장이 있어 밤늦도록 상품의 디스플레이를 해야 하는 엄마의 직업은 코디네이터다.

'난 이일이 좋아. 성격이 꼼꼼해서 나한테 딱 맞아.'라고 말하며 일에 중독되는 엄마를 보면 정말 좋아서 하는지 알기어렵지만 때때로 그몰입이 거룩해 보이기도 한다.

할머니댁이 있는 이동네로 이사오기 전, 어렸을 때 엄마가 일하는 곳에 따라다닌 적이 있다. 엄마는 일을 하고 우리는 마네킹 뒤에 옷을 깔고누워있으면 조명으로부터 따끈따끈한 졸음이 몰려오고 어느새 잠이 들었다. 어느 별나라의 궁전같은 그곳으로 엄마가 입힌 옷의 마네킹들이 무도회에 입장하듯 들어오면 너는 1등, 너는 2등 하면서 점수를 매기는 꿈을 꾸곤 했다.

엄마가 언제 집에 올지는 알 수 없고 혹 못 오게 되면 외할머니가 오실 거다. 항상 이런 날엔 잠이 더 안온다. 창문 단속을 하고 또 해도 무섭기는 마찬가지다. 빨리 잠드는 방법을 찾거나 더 씩씩하게 엄마를 기다릴 작전이 필요하다. 그렇지만 이런 날일수록 방귀퉁이의 푸른색 곰팡이가 더 보이고 팔다리가 가렵기 시작한다.

아름이는 그것을 물리치려는 듯이 까치발을 했다. 그러고는 싱크 대 위쪽에 있는 손잡이가 잘록하고긴잔을 꺼냈다. 잘 닦아 놓은 것이 불빛에 쨍, 하고 소리가 날 듯 반짝였다. 다운이가 꺼낸 엄마 전용 주스에는 작은글씨로 13퍼센트라고 표시되어 있었다.

"이것 봐, 웃기지않냐? 오렌지주스도 50프로는 싱겁다면서 1백 프로 짜리만 고르는 엄마가! 이 주스는 왜 이렇게 농도가 낮니? 엄마답지않게."

아름이가 들이대는 잔에다 다운이는 고개를 기울여 양을 재는 시늉을 하며 떨리듯 보랏빛물줄기를 쏟았다. 잔이 3분의 1쯤 채워지자 빙고! 하며 둘은 킬킬댔다.

"아, 얼음! 엄마처럼."

"똑같이! 네 조각이야!"

엄지를 접은 네 손가락을 들어보이며 얼음을 넣고 또 엄마처럼 잔을 둥글게 돌리며 굴리는 것도 잊지않았다. 이젠 마시기만 하면 된다. 가슴이 두근거렸다.

어떤 맛일까? 다운이가 먼저 잔을 입으로 가져갔다. 쓰읍! 반 모금을 마셨다. 차가운 것이 떫고씁쓸하면서 주스 맛이 조금 섞인 그맛은 생각했던 것보다 별로다. 콜라를 마셨을 때처럼 톡, 쏘며 코로 가스가 올라오는 것도 아니고, 그냥 차가운 게 맛있다고 말하기는 어려운 복잡한 맛이다.

"너도 마셔 봐, 시원하기는 해!"

공범으로 만들기 위해 다운이가 아름이의 입에다 대고 먹여주었다. 역시 차가운 맛 외에는 떨떠름하기만 한, 유통 기한 지난 상한 주스 같은 것을 삼켰다.

"엄만, 냉장고에 있는 걸 왜 얼음 넣어서 마실까?"

"그러게, 시원하다 못해 이시렵다. 그치."

얼음을 피해서 천천히 마셨는데도 금방 잔은 비워졌다. 다운이는 묻지도 않고, 아까보다 조금 많이 따랐다. 홀훌, 쩝쩝 금방 병에 있던 보라색 주스는 다 없어졌다.

얼마 지나지않아 둘 다 얼굴에서 열이 났다. 귓불도 후끈거렸다.

"에이, 우리집엔 왜 에어컨이 없어! 창문도 못 여는데."

보통 때, 착하기만 한 아름이가 투덜댔다. 다운이가 냉장고 문을 열었다.

"시원하지? 인제 시원하지?"

시원하지? 시원하지? 묻는 소리가 눈을 달고 작은 거실 공간을 뱅뱅 돌아다녔다. 둘은 냉장고앞에 누워버렸다. 저절로 닫히려는 문을 아름이가 발로 척 막았다. 냉기가 싸아하게 흘러나왔다. 그러나 금방 다리에 힘이 없어지면서 아래로 툭 떨어졌다.

"안 돼, 더워서! 저 박스 좀!"

"오게이!"

다운이의 발음이 이상했지만 둘 다 상관없다고 생각했다.

지난주, 태풍으로 폭우가 쏟아질 것에 대비해서 이삿짐 센터에 세간살이를 포장해서 보관했다. 작년 큰비에 온동네가 물바다가 되어 그런 일이 올해도 되풀이 될까 봐 그리 한 것이었는데, 다행스럽게도 올해는 침수가 되기 전에 비가 그쳤다.

다음날, 거짓말처럼 파란하늘을 바라보며 엄마는 허탈하게 웃었고, 짐을 찾아온 후에 살림을 다 풀지는 않았다. 내년엔 꼭 이 반지하 땅속을 벗어나 2층 이상으로 이사해서 풀 거라고 했다. 그러니까 지금 이사를 준비하는 중이라고, 마치 엄마 스스로에게 하는 약속이기라도 한 것처럼 통장까지 보여주며 말했다. '어디어디, 좀 봐봐!' 하는 딸에게, '근데, 좀 모자라!' 하고는 아래윗니를 다 드러내며 엄마는 겸연쩍게 웃었다.

그날밤, 엄마는 냉장고로 향했다. 그러고는 그보라색 주스를 혼자 마셨다, 얼음을 넣어서. 그런 때는 엄마가 힘들거나 속상한 일이 있거나 잠이 안올 때이다. 그날은 세 가지가 모두 해당되는 날같았다.

한 쪽 벽에 쌓아놓은 박스 하나를 다운이가 가져와 냉장고문을 받쳤다. 이제 안열릴 거다. 자그르르 소리를 내며 흘러나오는 냉기로 그앞은 시원했다. 냉장고에서 새어나오는 불빛을 휘저으며 손장난을 하던 아름이가 말했다.

"너, 넌 말야. 내년에 우리가 땅, 땅위로 이사 갈 수 있을 거같니?"

"그러엄! 저짐, 짐을 그때까지 쌓아, 쌓아둬야 되겠니? 보기만 해도 더워, 더워 죽겠어. 후우, 집도 좁은데!"

둘 다 참 이상하게도 말이 느려졌다.

"그건 그렇지만! 진짜 아까웠어. 이삿짐 센터에 하루 맡긴 값."

아름이는 엄마처럼 입김을 훅, 뿜으며 더 납작하게 드러누웠다. 눈물이 날 듯 했는데, 흐물흐물 웃음이 나왔다. 흐흐흐.

"이, 바보야! 웃음이 나오냐? 그래도 작년에 장롱바꾼 값보다는 이삿짐 센터가 더 싸게 먹힌다며. 넌 그럼 올해도 우리집이 그래, 우리집이 물에 잠겼음 좋았겠어? 치세 짐 옮겨놨는데, 침수 안돼서 배아파?"

샐쭉거리며 팩 돌아누운 다운이가 말했다.

"말을 해도 넌, 작년에 얼마나 손해가 많았는데, 그따위 소릴! 그돈이 우리 한 달 생활비니까 그렇지."

"너도 그럼 올해 침수가 안된 게 배아픈 건 아니지?"

"어쨌거나 안잠긴 게 더 낫지, 그걸 말이라고 해?"

딸꾹! 딸꾹! 아름이가 딸꾹질을 하며 소리를 빽, 질렀다.

어? 이러면 안되는데. 잠이 와야 되는데, 잠은 안오고 마음과는 다르게 실실 웃음이 흘러나오다니. 다운이가 물을 먹여주자 딸꾹질은 멈췄다. 항상 싸우기만 하는 둘이 친해지거나 협조할 때는 뭔가 무서운 일을 앞두고서다. 둘은 의견일치가 된 게 괜히 불안했다.

바른말 잘하는 아름이, 그말 잘 꼬집는 다운이. 그렇다고 항상 부딪히며 싸우기만 하는 건 아니다. 둘이 의기 투합할 때는 엄마가 집에 안계실 때, 그래서 무서울 때다. 지금이 딱 그때다. 이런 때는 노래가 제격이다.

- 소원을 말해 봐! 니 마음속에 있는 작은 꿈을 말해봐.

아름이가 누운 채로 몸을 흔들며 걸 그룹의 노래를 부르기 시작했다. 노래를 부를 때는 발음이 정확하게 나왔다.

"그거 유행 버얼써 지났어, 야!"

하면서도, 다운이가 뒤를 잇는다.

- 니 머리에 있는 이상형을 그려 봐. 그리고 나를 봐.

- 난 너의 지니야, 꿈이야, 지니야.

- 드림카를 타고 달려봐, 넌 내 옆자리에 앉아. 그저 내 이끌림속에 모두 던져.

아름이가 노래를 멈추고 후욱, 열기머금은 숨을 내뿜으며 물었다.

"네 꿈은 뭐니?"

"꿈? 가수나 학교 선생님이 되는 그런 꿈?"

다운이는 말하면서 고개를 가로저었다. 그런 건 너무 멀게 느껴졌으니까.

"음, 장래 희망 그딴 거 말고. 지금 당장은 창문 활짝 열어놓을 수 있는 방으로 이사가는 게 소원이다, 꿈이기도 하고. 옛날처럼 지상으로!"

"옛날? 아빠 돌아가시기 전 우리 초딩 저학년 때로? 오, 좋지! 그때같이 한 10층 쯤으로? 아니, 아니야. 그냥 땅위면 돼. 2층 이상이면 소원 성취지, 뭐."

둘은 손을 맞잡고 낄낄댔다. 그러다 웃음을 멈추었다. 이상한 소리가 들렸기 때문이다.

똑똑! 분명 현관문을 두드리는 소리다. 이럴 때, 특히 밤에는 바로 반응을 보이는 것이 아니라 먼저 살펴봐야 된다고 교육 받았다, 엄마한테서. 애들만 있는 게 들통나는 건 약점을 그대로 드러내는 거니까. 아름이와 다운이의 귀가 바짝 현관 쪽으로 쏠렸다.

다시, 똑똑! 한다.

"택배 왔어요."

젊은 남자의 조심스런 목소리다. 이시간, '나 혼자 산다 1부' 시작한 지가 언젠데 택배라니. 외할머니가 안오시는 걸 보면 오늘은 엄마가 밤샘작업을 안하는 건 확실하다. 그렇지만 우리가 중학생되었다고 다 큰줄 아는 엄마가 때로는 야속하다.

올봄에 창문으로 방안을 들여다보던 그남자인지도 모른다. 그때는 엄마가 '112'에 전화했다. 바로 지구대가 출동해서 혼쭐을 내어 보내기는 했지만, 우리보다 더 떠는 엄마를 보았다. 센 척하는 엄마도 우리에게 이런 모습을 자주 들킨다. 지금은 달리 방법을 찾아야 한다. 정신이 번쩍 나야되는데, 오히려 멍해진다.

'전화해, 숙부님(3촌)한테!'

아름이가 빠른 눈짓으로 말한다고 고개를 꺾으며 방안을 가리켰고, 다운이는 전화기 있는 곳으로 가려했다. 머리가 어지럽고, 넘어질 것 같이 휘청거렸다. 얼른 아름이는 다운이를 부축했다. 그렇게 방으로 가서 전화기를 들려주었다. 또 문 두드리는 소리가 났다.

단축 번호 2번을 꾹 눌렀다. 전화 벨이 다섯 번 울렸을 때야 외숙부님(3촌) 목소리가 새어나왔다.

"숙부님(3촌)! 빠, 빨랑 우리집으로 와요. 밖에 누, 누가 왔어요."
"이시간에 택배래요. 도복, 검은띠 매고 와요. 초, 총알같이 와요!"
둘이 힘을 합쳐서 밖으로 소리가 새어나가지않게 작은목소리로 일렀다. 일단 외숙부님(외3촌)에게 알리는 데는 성공했다. 아무도 없는 척 대응을 하지않으려 했지만, 티뷔(*TV*) 소리 때문에 그것도 실패할지 모른다. 소리(볼륨)를 서서히 줄여 다른집에서 들리던 것처럼 하려고 티뷔를 껐다. 잠시 조용했다가 얼마 지나지않아 밖에서 남자목소리가 또 들려왔다.
"착한 어린이, 택배온 거 맞아. 시골에서 왔네. 어서 문 열어."
큰소리로 비명을 지르면 지나가던 사람이 쳐다볼까? 그러면 저남자는 무섭고창피해서 도망가지않을까, 하는 생각이 들었다. 위기가 더 커지면 비명을 질러보기로 했다. 그랬더니, 무슨 용기인지 목소리가 튀어나왔다
"이시간에 택배 안오거든요."
그냥 참을 걸 괜히 말했다며, 아름이가 이마를 친다.
"그냥 문앞에 놓고가세요."
아름이가 연거푸 말했다.
"착불이라서 돈을 받아가야 돼."

"그럼 조금 있음 울엄마 오니까 그때 주세요."

다운이가 한 마디 거들었다.

"빨리 문열라니까! 나도 집에 가야 되거든."

이번엔 좀 더 큰목소리로 힘주어 말하는 소리가 현관문사이로 들어왔다.

'중학생인 우리를 뭘로 보고 저따위!'

'고전적인 수법이야, 그치?'

둘은 눈빛으로 대화하며 정신을 바짝 차리기로 했다.

"혼자 있는 거 다 알아, 안열면 문 부수고 들어간다."

부수고 들어온다고 하는 걸 보면 확실히 택배는 아니다. 다시 둘은 손을 꽉 잡았다. 와들와들 떨리는 것을 진정하느라 잡은 손에 힘을 주었다. 외숙부님(외3촌)이 올 때까지 시간을 끌어야 한다.

"혼자 아니에요. 우리 지금 둘이 있어요. 그치 아름아!"

"그럼, 우린 쌍둥이예요. 항상 같이 있어요."

"우리 외숙부님(외3촌)도 태권도장에서 올 시간 됐고요. 오늘만 늦는 거래요."

"태권도 5단, 사범님이란 말예요."

그러는 사이, 문을 당겼다놨다 흔들거리는 소리에 둘은 까무러칠 것같았다. 열쇠구멍에 뭘 넣고 돌리는 소리가 달그락달그락 들렸다. 금방 문이 열릴 것같았다.

"아, 다운아. 어떡하니?"

"외숙부님(외3촌)은 왜 이렇게 안오시는 거야!"

가슴이 쿵덕쿵덕, 우리의 소원은 시시때때로 변한다. 지금의 소원은 외3촌이 바로 나타나는 거다. 그거면 된다.

- 오, 하느님! 우린 욕심 없어요. 큰 거 바라지않아요.

교회도 안가는 아름이와 다운이는 두 손을 모으고 기도하는 자세를 취했다. 그래도 쿵쿵, 심장뛰는 소리가 너무 크게 들려서 손으로 가슴을 눌렀다. 더위보다 더 무서운 침묵속에서 숨을 죽였다.

"야, 이새끼야!"

밖에서 퍽, 소리와 동시에 외3촌의 고함 소리가 들렸다.

"3촌 왔다."

"외숙부니임!(사암초온!)"

문을 열었을 때, 한 남자가 외3촌한테 팔을 꺾인 채 고개를 숙이고 있다. 야구 모자를 눌러써서 얼굴은 절반도 안보였다. 모르는 사람이다.

"야, 네가 봄에도 창문으로 엿봤다는 그놈 맞지? 어디, 모자 좀 벗어 봐."

억센 팔에 짓눌린 남자는 고개를 더 숙였다. 우람한 외3촌에게는 한 주먹거리도 안되는 왜소한 체격이었다.

“안돼, 숙부님! 나, 그사람 얼굴 안볼래요.”

나는 손으로 얼굴을 가리며 찡그렸다.

“그럼, 지구대에 넘기고 올 테니, 넌 들어가 있어.”

외3촌이 남자의 팔을 풀고 멱살을 잡자 남자는 두 손을 싹싹 비비며 용서해 달라고 하며 매달렸다.

“있잖아, 외숙부님! 다, 다시는 안올 거야. 태권도 사범 3촌이 있는 집인데, 또 오겠어, 죽으려고?”

“네, 맞아요. 다시는 근처에 얼씬도 안할 게요. 진짜 약속해요.”

남자가 울먹이는 소리로 말했다. 외숙부님과 눈이 마주친 나는 고개를 흔들며 그냥 보내라는 신호를 했다.

“안돼! 싹을 잘라야 돼. 엎어지면 코닿을 데 지구대가 있는데 겁도 없이. 앞으로 이근처 5백 미터 안엔 얼씬거리지도 마라, 죽는다! 그리고 얘 무시하지 마. 태권도 품띠야, 알어?”

“또 있어! 우리는 항상 두 명이야. 쌍둥이, 알어?”

외3촌 말끝을 흉내내며 나도 단단히 겁을 주었다.

문 잘 잠그고 있으라며, 바로 오겠다고 하고 외3촌은 그남자를 붙잡고 층계를 올라갔다.

나는 문을 걸고는 쓰러질 듯 주저앉았다. 머리에서 윙윙 더운바람이 나오는 것같았다. 몸을 움직여보려는데 제대로 할 수가 없었다. 온세상은 조용했다. 눈을 감고 가만히 있었다. 아무 생각도 할 수 없고, 그냥 시간이 지나기만 기다렸다. 그렇게 오래는 아니었지만, 외3촌이 다시 우리집으로 오기까지 내게는 아주 긴시간처럼 아득했다.

"쌍둥이? 아름이, 다운이로 둘이 노는 거 아직도 해?"

다시 우리집으로 돌아온 외3촌의 첫마디는 그말이었다. 그러면서 고개를 끄덕이는 나를 안쓰러운 눈빛으로 쳐다본다. 문고리를 잡고 있는 나를 부축해들어오는데, 엄마가 따라들어왔다.

"이 미친!"

엄마는 나보다 냉장고를 먼저 보고는 박스를 확, 제키며 문을 거칠게 닫았다.

"전기 요금 무서운 줄을 알아야지. 냉장고는 왜 열어 놓은 거야?"

"누난 얘, 혼빠진 거 안보여?"

엄마가 움찔하고는 외3촌과 나를 번갈아 보았다. 외3촌이 나를 벽에 기대게 앉히곤 다시 냉장고를 열었다. 물병을 꺼내어 병째로 내게 물을 먹여주었다.

"할아버지댁에 갔었니? 그래서 외3촌하고 같이 온 거야?"

엄마도 다리를 뻗고앉으며 물었다.

"잔소리쟁이 우리엄마 오셨구나. 아, 우린 땅위로 이사가는 중이라고 해서… 확인시켜 주려고 내년에 뜯을 박스를 받쳤지. 그니까 덜 무섭더라고, 시원하기도 하고."

그렇게 말해놓고 아차싶었다. 엄마는 힘들게 일하고 왔는데, 난 가만있으면서 부담만 주는 말을 했구나, 하고.

"맞아, 이사가는 중인 거. 지금 우리가 사는 게 다 그과정이야."

"안다구. 그니까 잘 참는다구."

내가 말을 끝내기도 전에 엄마가 식탁옆에 굴러있는 긴병을 발견했다.

"술을 마신 거야? 누가, 설마 얘가?"

나는 또 다리에 힘이 빠졌지만 힘주어 대답했다.

"응! 내가 마셨어, 잠이 안와서 잠자려고."

"미쳤어? 어린 게!"

"아니, 아름이 다운이 둘이서 마셨지. 나 혼자선 엄두도 못 내."

나는 벽아래로 픽 쓰러졌다. 외3촌이 대충 상황 설명을 하는 것같았고, 나를 방으로 안아다 눕혔다. 다시는 그런 일 없을 거라고, 엄마와 나를 안심시킨 다음 외3촌은 떠났다.

나는 눈을 게슴츠레 뜨고 창문을 보았다. 뭐가 훅, 지나가는 것같았다.

"으아악!"

나는 두 손으로 얼굴을 가리며 소리쳤다.

"아무도 없어, 괜찮아. 엄마 왔잖아. 낮에 일을 많이 해놔서 일찍 끝날 줄 알았지. 이밤에 너를 혼자 두고 정말 미안해. 할머니가 허리를 삐끗하셨대서 오시란 연락도 못했지 뭐."

엄마가 엎드리며 내 얼굴과 어깨를 쓰다듬었다. 얼굴에 물기가 떨어졌다.

"미안한 거 진짜야. 방범창도 쳤고, 발로 가려져서 아무리 길갓집이라도 방안은 못 봐! 3촌한테 전화 한 건 정말 잘했어. 그래서 우리가 이동네로 이사 온 거 아니니."

그밤에 아무도 방안을 훔쳐보는 사람은 없었다. 그런데도 자꾸만 누가 방안을 엿보는 것같은 느낌을 지울 수 없었다.

"또 그리 놀았다며? 착한 마음이랑 나쁜 마음이랑 둘을 화해시켜서?"

"그렇지, 뭐."

삐죽삐죽 웃음이 새어나왔다. 아니, 그건 웃는 게 아니라 운다는 표현이 더 맞다. 내가 혼자서 정말 힘들 때, 때때로 내 마음속의 두 아기를 불러내어 힘을 두 배로 만들어 대처하는 걸 엄마도 알고 외갓집에서도 다 안다. 아름답게 살고싶어서 이름도 아름이와 다운이로 지은 것 까지도.

"대견한 내 딸, 혼자서 그렇게 놀았구나. 오늘은 둘이 안싸웠어?"

엄마가 이마로 흘러내린 내 머리를 쓸어넘겨주며 물었다.

"응, 위험할 때 힘을 합치잖아!"

"이기집애야! 그렇다고 내가 딱 한 가지 나를 위로할 때 먹는 와인을 네가 마셨단 말이야? 저건 정말 엄마의 유일한 사치품이야."

"응? 그게 와인이었어? 그럼, 술이었단 말이야?"

나는 짐짓 몰랐다는 듯이 놀란 척하며 몸을 일으켰다. 때때로 엄마는 나보다 더 철이 없기 때문에 사태를 잘 수습해야 된다고 계산하면서.

"향, 아니 냄새 맡아보면 모르냐?"

냄새가 좀 수상하긴 했다. 뭔가 비밀스러운 어른들만 마시는 것인 줄은 알았지만, 술이라는 생각은 안했다. 아니, 마음속에서는 그것이 어쩌면 술일지도 모르겠다는 짐작을 하고 있었는지도 모르겠다. 어쨌거나 난 할 말이 없었다.

고개를 숙인 엄마의 어깨가 들썩거렸다.

"이렇게라도 사는 것이, 정말 거룩한 일일까?"

엄마는 아기같은 표정으로 물으며 입술을 실룩댔다. 엄마가 울면 큰 일이다. 금세 그치지않으니까.

"무슨 그런 말을 해. 당연히 보통일은 아니지, 위대한 일이라고 그랬잖아, 엄마가."

나는 정신을 가다듬고 정확히 발음했다. 내 대답에 숨을 후욱 쉬면서 엄마는 호호호 웃었다. 나도 호호호 하고 따라 웃었다. '이 기집애가!' 하고 눈을 흘기던 엄마가 정색을 하고 말했다.

"우리가 먹고산다는 그것 자체가 대단하긴 한 것같아, 응?"

피곤이 쌓인 엄마는 애써 웃었다.

"그럼, 대단하지! 완전 왕비님을 무수리로 변신시키는 데 몇 년도 안 걸렸잖아. 울엄마, 내가 이담에 다시 왕비님으로 만들어준다! 돈 많이 벌어서 와인도 열 병씩 냉장고에 사서 넣어놓을 게."

"아, 좋아 좋아! 그런데 열 병은 많고 두 병만 채워 줘."

"왜 두 병이야? 많으면 좋지!"

"그게 내가 마실 1년치 양이거든. 호호, 그래놓고 너도 마시는 건 아니지?"

엄마가 눈을 가늘게 뜨고 진짜 와인이 있는 것처럼 잔을 든 자세로 말했다.

"절대 안마시지. 알고는 못 마셔, 엄마 사치품을. 네버, 네버!"

나도 손사래를 치며 진짜인 것처럼 말했다.

"좋아! 너 마시면 죽을 줄 알아."

엄마가 눈가를 닦고는 웃었다. 나는 엄마품을 파고들며 물었다.

"그런데 우리, 내년엔 진짜 지상으로 이사갈 수 있겠어?"

"더워, 기집애야!"

엄마는 나를 밀어내다 말고 내 팔을 붙잡고 결심한 듯 말했다.

"응! 기필코 땅위에서 살 거야, 내년엔. 그래야 우리딸 피부 가려움증 낫지. 곰팡균은 지상에선 활개를 못 쳐!"

"그럼 그땐, 창문 활짝 열어놓을 수 있어?"

"당연하지. 아무도 엿보지 못하는 집으로 가서 맞바람 치게 양쪽 다 열어놓자! 완전 시원하게 자연풍이 쌩쌩 들어오게."

엄마가 엉겨붙은 나를 쓰러뜨려 눕히고 선풍기를 틀어 바람을 보내주었다.

"오케이, 오케이!"

나는 손가락으로 '뷔'(V) 자를 만들어 공중에 대고 흔들었다.

넓은 창을 열어놓고 파란하늘에 흰구름이 방안을 들여다보는 그림이 공중에 뜬다. 나는 하늘을 마셔본다, 마음껏 벅차게. 벌써 땅위로 이사를 한 것 같다.

노란모롱이

막내고모 결혼식날 할머니댁으로 미루고있는 말리지않겠다며 산아래까지 한가운데임을 알리고있었다 그냥라면 얼큰라면 땡초라면 먹고가자 갖다줬다 웃어주었다 파란 하늘을 상기되어있었다 받아주세요오 주고싶다 하고있었다 차문을 노란색은행나무 노란단풍색 알고싶었어 같은 반에 화장실가서 문제삼고싶지는 어느날 하얀고백장 가지고오다니 나무그늘쪽으로 교실쪽으로 약타가는 들고있었어 체육복주머니에 이편지지 노란색이 세수해 해주지마 안싫어해 어울리고그래 할머니말씀대로 선머슴아같이 노란색떡을 다른접시에 작은집식구들은 백암리마을 맑고 시원한데 가지마 대다떼었다 말하고도싶었어 어린아기같았다 뿜어내고있었어 외진길로 묶이놓겠니 김쪽같았던 풀어놓고싶었다 대학생오빠한테 찾아갔는데 잊고말고 말라고그래 그느낌이었어 서성대지마 넓고아름다운 하고싶었어 방관하고있었던 떨고있는 노랑색귀신…

<청소년소설 : 靑小說(단편)>

노란모롱이

추석이 지나고 중간 고사도 끝났다.

오늘은 막내고모 결혼식날이다. 같은 입시 미술 학원에 다니는 한나와 나는 모처럼의 시간을 내어 아빠와 함께 아산에 있는 할머니댁으로 향했다.

막내고모는 내가 다니는 학원의 고등부 선생님이다. 결혼 식장으로 가는 길엔 마치 별천지의 일주문과도 같은 은행나무 아치가 있다고 나는 제법 자랑을 늘어놓았다.

뜻밖에도 한나가 같이 가면 안되겠냐고 물어왔다. 내가 망설이며 대답을 미루고있는 사이에 고모가 말리지않겠다며 오케이 사인을 내버렸다. 주인공이 초대를 하는 데야 어쩔 수 없어 한나도 함께 가게 되었다.

일찍 출발을 했는데도 토요일이어서 톨게이트에서부터 차가 밀리기 시작했다. 그렇기는 해도 모처럼의 바깥바람은 우리를 들뜨게 하기에 충분했다. 벌써 단풍은 산아래까지 내려와 지금이 가을의 한가운데임을 알리고있었다.

차내는 경쾌한 팝 음악이 흘렀다.

음악따라 도로 사정도 조금씩 풀리는 것처럼 차도 속도를 내기 시작했다. 신이 난 내가 팝송을 따라 불렀지만, 한나는 조용히 웃기만 했다.

휴게소에 들렀다. 아빠는 시원한 음료수를 사고 나는 라면을 가리켰다.

'잔치에 가면 맛있는 거 많을 텐데, 라면을 먹고 가자고?'

"네에, 우린 라면 좋아해요. 근데 '땡초 라면'이 뭐에요?"

메뉴 판을 두리번거리다가 이상한 이름의 라면이 있어 내가 물었다.

"그런 라면도 있나? 그럼 하나씩 시켜보자, 어떤 맛인지. 그냥라면 하나, '얼큰라면' 하나, 그리고 '땡초라면'도 하나."

길게 늘어진 가스레인지 위에서 뽀글뽀글 끓던 라면이 우리앞에 놓여졌다.

"'땡초라면' 누가 먹을까?"

아빠의 물음에 한나가 손을 들었다.

'그래, 빨리 먹고가자.'

아빠는 '얼큰라면'의 국물을 들이키다가 입술이 데이는 시늉을 했다. 한나와 나는 젓가락으로 라면발을 말아서 입안 가득히 넣었다. 한나의 인상이 일그러졌다.

'왜?'

'매워, 엄청 매워요.'

혓바닥을 내밀고 부채질을 하듯 손가락을 흔드는 한나에게 나는 얼른 물을 갖다줬다.

'어디, 얼마나 매운데?'

아빠도 한 젓가락을 가져가서 입에 물었다. 얼굴이 빨개졌다.

'안되겠다, 바꾸자.'

'아니에요, 먹던 건데 괜찮아요. 저 매운 거 잘 먹어요.'

한나는 '땡초라면'을 다 먹었다. 내가 한나에게 엄지손가락을 치켜 올리고 웃어주었다. 늦었다며 아빠는 우리를 차로 몰았다.

차가 다시 달리기 시작하고, 나와 한나는 계속 물을 마시면서 바깥을 구경했다.

'자, 할머니를 모시고 예식장엘 가야 되니까 백암리로 먼저 갑니다. 놀라지 마세요, 아가씨들! 우리나라에서 가장 아름다운 노오란 은행나무길이 곧 나옵니다.'

아빠의 설명이 아니라도 은행나무길은 계절마다 새로운 아름다움으로 탄성을 자아내게 한다. 개천을 따라 흐르는 완만한 곡선의 길과 가로수사이에 비치는 하늘이 노란색 은행나무와 절묘한 조화를 이룬다.

한나도 분명 상상했던 것보다 더 좋다고 비명을 지를 생각을 하니, 나는 어깨가 으쓱해졌다.

드디어 은행나무 길로 접어들었다.

'와우, 원드풀!'

나는 호들갑을 떨며 한나를 쳐다보았다.

파아란하늘을 배경으로 한 은행잎은 가장 아름다운 색깔로 물들어있었다. 한나의 얼굴도 상기되어있었다.

'가을엔 편지를 쓰으겠어요, 누구라도 그대가 되어 받아주세요오.'

스피커에서는 가을이면 한 번쯤은 듣는 오래된 노래가 울려나와 운치를 더했다. 은행잎에 편지를 써서 누구에게인가 주고싶다는 생각을 하고있었다.

'아아악!'

은행나무길에 들어선 지 얼마 지나지않아 갑자기 한나가 비명을 질렀다. 아빠가 놀라서 뒤를 돌아보자 차가 껑충 뛰었다. 한나는 두 손으로 얼굴을 가리고, 앞자리의 등받이에 머리를 쿵쿵 찧었다.

'왜 그래? 어디 아프니?'

내 말에 손사래를 치는 한나의 몸이 떨렸다. 느닷없는 상황에 아빠는 갓길에 차를 댔다.

"무슨 일이야? '땡초라면' 먹은 게 이상해?"

아빠가 차문을 열었다.

'한나야, 멀미하는 거야?'

내가 다시 물었지만 한나는 대답도 없이 개천가로 뛰쳐나갔다. 그뒤를 나도 따라갔다. 길가에 꽃잎을 모두 떨군 코스모스가 쓰러질 듯 초라하게 바람에 나부꼈다.

한나는 엎어지듯이 길가에 주저앉았다. 그러고는 휴게소에서 먹은 음식을 다 토했다. 끊어진 라면발이 어지럽게 쏟아졌다.

'난 역시 안돼, 정말 안돼!'

'뭐가 안돼? 병원으로 갈까?'

나는 다급하게 한나의 등을 두드렸다.

'아니야, 노란색 때문이야. 난 노란색이 정말 무서워.'

한나는 울면서 말했다. 나는 한나의 팔을 잡으며 몸도 약한 한나를 괜히 데리고 왔다며 후회했다.

다시 차안으로 들어간 한나의 얼굴은 창백했다. 아예 아무 것도 보지 않으려는 듯이 눈을 감고는 등받이에 파묻혔다. 아빠는 할머니댁으로 부랴부랴 차를 몰았다. 나는 한나가 싫어하는 노란색은행나무를 보면서 이렇게 예쁜 노란단풍색이 왜 싫은지 도무지 이해가 가지않았다.

내가 한나를 처음 알게 된 건 작년 가을이다. 학교 축제가 끝나고 며칠 지나지않아 한나는 교지를 들고 우리반으로 나를 찾아왔다.

'작품이 좋아서 차연재가 누군지 알고싶었어.'

얼굴이 하얗고 눈이 큰 한나는 호감을 가질 만한 외모였다. 더군다나 교지에 실린 작품을 보고 나를 찾아오다니, 나는 친구들 앞에서 기분좋게 붕 뜨는 느낌을 즐겼다. 학교에서는 내가 글을 잘 쓴다고 소문났지만, 내 글에 관심을 갖는 친구는 별로 없었다.

한나는 자신의 핸드폰에 내 번호를 찍어갔다. 아름답다, 쓸쓸하다, 사랑한다, 등등의 숱한 감정들을 카톡으로 찍어나르며 한나와 나는 닭살스럽게 우정을 키워갔다. 그리고 2학년이 되어 같은반에 배정되면서 우리는 더 친해졌다.

'재, 결벽증 있어. 쉬는 시간마다 화장실가서 손씻고 책상도 매일 물티슈로 닦는 애야. 연재 너도 봤잖아, 조심해.'

1학년 때 짝이었던 보람이가 한나와 내가 가까워지면 큰일이나 나는 듯이 주의를 주었다.

'깔끔한 게 뭐 나쁘니? 남한테 피해는 안주잖아.'

보람이의 투정에 나는 대수롭지않게 응수했다.

한나는 몸이 약해서 체육 시간엔 교실에 있을 때가 많았고, 걸핏하면 소화 불량으로 잘 토했다. 학교 급식이 입에 맞지않는다며 도시락을 싸오기도 하고, 매점에서 빵으로 점심을 때우기도 했다. 그렇지만 나는 한나의 까다로운 성격을 문제삼고싶지는 않았다.

내가 관심을 갖는 것은 그녀의 문학적 재능이다. 국어 선생님도 칭찬하는 언어 표현과 남다른 상상력은 나를 여러 번 놀라게 했다. 케이(K)시 정도에서나 알아주는 내 실력에서 넘본 한나의 세계에 시샘이 나면서도 끌렸다.

어느날, 한나는 '하얀고백장'이라는 제법 두툼한 노트를 내게 건넸다. 그동안 써왔던 40여 편의 시와 단편 소설 한 편이었다.

나는 머리가 아파왔다. 열여덟 소녀가 쓴 것이라고는 믿어지지않는 수준 높은 시어들과 가지런한 문장의 소설, 내 보잘 것없는 글솜씨가 그제야 부끄러워졌다.

'어떤 거같아? 너한테 첨 보여주는 거야.'

조금은 멋쩍어하며 한나가 물었다.

'최고야. 넌 이미 작가야!'

나의 대답은 2중성이라기보다는 솔직한 인정이었다. 그러면서도 여물지않은 내 작품을 보면서 속으론 얼마나 비웃었을까 하는 모멸감이 상처로 밀려왔다.

나는 글을 더 쓸 수 없었다. '하얀고백장'을 책상서랍의 제일 아랫칸에 처박아 둔 채 비밀스럽게 쓰던 내 일기조차도 덮어버렸다. 다시 보람이와 가까이 지내게 되면서 보람이에게 나의 고민을 털어놓았다.

'페트로뉴스의 마음이 어땠는지 알겠어. 네로 황제가 쓴 그 많은 시를 봐 달라고 했을 때, 얼마나 부담스러웠는지를. 한나 걔, 소설까지 쓰더라. 고등 학생이!'

'내가 뭐랬니? 우리가 지금 시험에도 안나오는 소설을 읽고 있을 때야. 그렇게 한가해?'

'그래도… 걔랑 안노니까 죄짓는 거같아. 한나는 친한 친구도 없잖아.'

'됐어, 우린 수험생이야.'

보람이는 눈을 부라리며 자를 건 딱 자르라고 말했다. 입시를 걱정해 주는 보람이가 더 진정한 친구인 것같아서 나는 한나를 멀리했다.

내 행동의 변화를 한나가 모를 리 없었다. 미안하다고, 부담을 줄 생각은 아니었다고 밤중에 우리집 우편함에 손편지를 넣고간다고 카톡이 왔다. 나는 8층에서 돌아가는 한나의 모습을 내려다보았다.

메신저로 알려도 될 것을 긴편지로 써서 직접 가지고오다니, 자신의 입장을 변명하는 애절한 손편지는 군데군데 얼룩져있었다.

나는 마음을 종잡을 수가 없었다. 의도적으로 편지에 눈물자국을 만든 것같아 순수해 보이지가 않았다가, 또 얼마나 절실했으면 눈물을 뚝뚝 흘리며 편지를 썼을까 하는 두 가지 생각이 수없이 교차됐다. 타인으로부터 관심을 받는 것이 좋은 일만은 아니다. 부담스러웠다.

다음날, 보람이에게 나는 그편지를 보여주었다. 넷째 시간인 체육이 끝나고 급우들은 모두 교실로 들어간 뒤였다. 연녹색의 이파리들이 하늘거리는 싱그러운 4월의 수돗가에서 '어머어머'를 연발하며 보람이는 편지를 읽었다.

'이거 완전 신파 아냐. 너 속지마라! 이게 진짜 눈물이야? 이거 봐, 수돗물도 이렇게 똑똑 떨어뜨리면 눈물같이 퍼지잖아?'

손을 씻은 보람이가 손끝의 물을 편지에 튕기며 물장난을 했다. 나는 편지를 빼앗아 물기를 닦으며 보람이를 흘겨보았다. 보람이의 입이 벌어지다가 멈췄다. 장난기를 머금고있던 눈도 동그래진 채로 멈췄다. 뭔가 이상한 느낌에 내가 나무그늘쪽으로 고개를 돌리는 순간, 한나가 홱 돌아서서 교실쪽으로 뛰어갔다.

'야아, 쟤! 교실에 있지않았니?'

나는 편지를 떨어뜨리고 말았다.

'보건실에서 약타가는 길이었나 봐. 손에 뭘 들고있었어.'

보람이가 편지를 주워서 접은 다음 찬찬히 내 체육복주머니에 넣어주었다.

'이편지지, 연두색… 자기가 보낸 거라는 거 알았겠지?'

내 걱정은 그것이었다.

한나와는 서먹서먹한 채로 지냈다. 그러나 시간이 좀 더 지나자 오히려 홀가분하다는 생각까지 들었다. 나는 새로운 나의 소질에 대한 발견이라도 한 듯이 막내고모가 대입 강사로 있는 미술 학원에 등록하고 거기에 열중했다. 그것으로써 재능도 없는 어설픈 글쓰기와의 인연을 끊어야겠다고 마음먹었다.

얼마 뒤, 한나는 친구들 모두가 가는 수학 여행을 가지않았다. 병원에 종합 검진을 예약해 놓았다고 다른 친구가 내게 알려줘서야 알았다. 나는 걱정은 되었지만, 어디가 아픈지 물어보지도 못했다.

급식으로 '카레라이스'가 나온 날이다. 점심을 먹고 화장실에 갔는데, 한나가 혼자 토하고있다. 서먹한 사이가 된 것도 잊고, 나는 달려가서 한나의 등을 두드려주었다. 한나는 나를 한 번 쳐다보더니, 얼굴을 돌렸다. 나는 수돗물을 세게 틀어서 오물이 씻겨 내려가게 하려했으나 제대로 씹지도 않은 '카레라이스'의 잔해가 물의 방향을 따라 뱅뱅 돌았다. 휴지를 한움큼 뜯어와 토사물을 싸서 휴지통에 버렸다.

'난 노란색이 싫어. 저주받은 색깔이야. 음식도 노란 건 이렇게 속에서 안받아!'

세면대의 난간을 붙잡고 말하는 한나의 손이 하얬다.

'어서 세수해. 곧 수업 시작이야.'

'나한테 잘 해주지마. 그럼 난 네가 나를 좋아하는 줄 알아.'

'나, 너 안싫어해!'

한나의 눈빛이 반짝였다.

'유별나게 굴지말고 애들하고도 좀 어울리고그래.'

'… 그럼 내가 너 다니는 미술 학원에 등록해도 괜찮아?'

'그건 네 자유지 뭐. 내가 그런 일을 막을 권리가 있니?'

한나는 수도꼭지를 천천히 돌려서 푸아푸아 소리를 내며 얼굴을 씻었다.

하루 먼저 와있던 어머니와 선재가 차소리를 듣고 뛰어나왔다. 할머니댁에 한나를 쉬게 하고, 우리식구들은 할머니를 모시고 서둘러 결혼식장이 있는 대전으로 갔다. 한나는 결국 결혼 식장에 가지 못했다.

막내고모는 예뻤다. 할머니말씀대로 선머슴아같이 덜렁대고 이상한 청바지만 즐겨입던 고모가 그렇게 여성스러워보이는 것이 오히려 낯설었다. 백색 웨딩드레스의 위력은 대단했다.

결혼식이 끝나고도 식당에서 제법 시간을 보냈다. 아버지가 이사람저사람에게 인사를 차리고 챙기는 동안, 어머니는 할머니댁으로 가져갈 음식을 바구니에 담았다. 나는 팥앙금이 달팽이처럼 그려져있는 노란색떡을 한나가 싫어할까 봐 다른접시에 빼놓았다.

우리집과 작은집식구들은 모두 할머니댁으로 갔다.

'아이고, 멀미가 심해서 어쩌누. 나도 그눔의 차멀미 때문에 서울나들이 한 번 제대로 못하는데. 그심정 내가 알지, 쯧쯧쯧….'

할머니는 한나에게 시원한 것을 주시면서 혀를 찼다.

백암리마을의 해는 빨리 졌다. 한나는 기운을 차리고 밥을 제법 많이 먹었다.

집은 복잡하고 사람들이 많아서 웅성거렸다. 소화를 시켜야 된다며 나는 한나를 밖으로 잡아끌었다. 주춤거리며 망설이던 한나가 나를 따라 나왔다.

'잠깐 기다려!'

대문까지 따라나온 어머니가 나와 한나에게 겉옷 하나씩을 걸쳐주었다.

'댕큐, 마미!'

나는 어머니를 그러안고 과장되게 고마움을 표시하고는 대문안으로 어머니를 밀어넣었다.

'밤공기가 얼마나 맑고시원한데. 야! 우리, 동네 한 바퀴 돌자.'

'멀리는 가지마. 밤길 무섭잖아.'

'여기두 가로등 다 있어, 뭐가 무서워'

내 말에 한나는 겁많아보이는 큰눈을 깜박거렸다. 하는 수 없이 할머니댁에서 멀지않은 느티나무아래까지 걸어가 나무로 된 긴의자에 앉았다.

풀벌레소리가 가까이서 들렸다. 한나는 두 손을 귀에 대다떼었다 했다. 한참을 그랬다.

'그게 뭐하는 시츄에이션이야?'

'벌레소리, 귀를 막는다고 소리가 없어진 건 아니야. 소리는 있는데, 이렇게 하면 잠깐 안들릴 뿐이지.'

'뭔 뜻이야?'

'내게는 항상 나를 짓누르는 뭔가가 있어. 그걸 잊을 때는 이렇게 귀를 막고있을 때 소리가 안들린 것처럼 아주 잠깐이야.'

'우리가 사는 것과 저소리는 별로 상관도 없거든. 별나기는.'

'….'

한나는 벌레소리를 그냥 듣기로 했는지 귀를 더 막지않았다.

'너, 왜 노란색을 싫어하는지 물어봐도 돼?'

긴의자에서 손장난같은 것을 하고 있던 한나가 손을 멈추고 나를 빤히 쳐다보았다. 찌르찌르 유난스런 벌레가 한 차례 울었다.

'뭐, 비밀이면 말 안해도 되고….'

한나는 입술을 깨물고 하늘을 쳐다보았다.

'아니야, 너한테는 말할 게. 말하고도싶었어.'

한나는 엎드리며 두 손으로 얼굴을 가렸다가 살며시 고개를 들었다.

'내 얘기 듣고나면 네가 나를 아주 더 싫어할 수도 있어.'

한나는 눈을 깜박거렸다.

'그럴 일 없을 테니까 말해 봐. 걱정 마, 아무한테도 얘기 안할 게.'

내가 안심을 시키며 한나 옆으로 다가앉았다. 한나는 담담하게 말하기로 작정한 것처럼 남의 말하듯이 얘기를 시작했다.

'초등 학교 6학년 가을이었어. 친구 한 명하고 학원에서 돌아오는 길이었는데, 고등 학생으로 보이는 남학생이 갑자기 내 가방을 빼앗아 달아나더라. 나는 책가방 찾으려고 달려가고 또 다른 남학생은 내 친구한테 위협을 했어. 소리를 지르면 칼로 찔러버린다고.'

검지손가락으로 의자의 골을 살살 긁던 한나의 동작이 점점 거칠어졌다. '뭐? 옆에 딴사람들은 없었어?'

한나의 손을 저지하려고 내가 그손을 붙잡으며 물었다.

'어두워지는 시간이고, 사람도 안보였어.'

한나는 어린아기같았다. 내 손아귀에서 애써 빠져나오려고 힘을 주었다.

'은행나무가 가로등처럼 노란빛을 뿜어내고있었어. 외진길로 우리는 소리도 지르지 못한 채 끌려갔고. 아름드리 큰나무뒤에서 무슨 일이 벌어지는지 사람들은 알지 못했지. 세상이 온통 노란빛이었어. 발아래도 나무위도 머릿속까지 노란색으로 꽉 찼어.'

내게 잡힌 한 손과 다른 손으로 한나는 의자를 박박 긁으며 말했다.

'겁에 질려있는 우리앞에서 남학생들은 바지 지퍼를 내렸어. 그리고… 어린 우리의 치마밑으로 큰손을 넣었고.'

나는 한나의 두 손이 멈추게 꽉 잡았다. 한나가 울기 시작했다. 소름이 돋았다.

'한나야!'

'드라마에서나 일어나는 일이 내게 닥친 거야. 난 죽지도 못했어, 무서워서. 옥상에서 뛰어내리지도 못했고, 굶어죽으려고 했는데도 1주일만에 밥을 먹었어. 흑….'

나는 한나의 어깨를 안았다.

'아무리 손을 닦고 샤워를 해도 그때 묻은 것이 지워지질 않는 것같았어. 그때부터 잘 토하고, 성격도 변했어. 물론 성적도 떨어지고, 엄마가 혼자서 새벽기도 가는 소리를 들으면 나는 화가 나. 하느님이 있다면 그런 일이 안일어났을 거고, 또 이토록 집요하게 나를 묶어놓겠니. 내 이름이 세례명이면 뭐하니.'

'네 스스로 벗어나야 될 것같아.'

'너도… 내가 싫지?'

한나가 바른 자세로 고쳐앉으며 물었다.

'아니야, 그렇지않아. 넌 잘못 없어. 호되게 맞았다고치고 잊어버리는

거야. 그럼 안되겠니? 상담 선생님도 그랬잖아. 아무리 아팠어도 이젠 치료가 되고도 남을 시간이야.'

'그래서, 예전같이 친하지도 않은 너를 따라 이곳에 온 거야. 은행나무길이 있다고 그랬잖아. 그놈의 옐로우 컴플렉스를 꼭 뛰어넘어보려고 도전했는데, 역시 벗어날 수가 없나 봐. 난 저주받은 게 틀림없어.'

푸우, 한숨을 쉬고 또 훌쩍이는 한나의 어깨를 쓸어내리며 어떻게 위로하고 수습해야 될지 난감했다. 내게 너무 큰숙제였다. 나도 눈물이 났다.

내 마음속에 있던 바윗돌 하나가 튀어나왔다. 꼭꼭 숨겨서 감쪽같았던 비밀을 나도 풀어놓고싶었다.

'실은 나도 똑같은 일은 아니지만 말이야. 한동안 성폭행 당했다는 생각으로 우울했던 적 있었어.'

'연재, 네가?'

'응, 추워진다 한나야, 우리 좀 걷자. 움직이면 좀 나을 것같지않니?'

나는 눈물을 훔치며 한나의 손을 잡고 일어섰다. 이슬이 내리는지 습한 밤공기가 차가와졌다. 가로등이 조금 멀어지는 곳으로 걸음을 옮겼다. 기울어진 희미한 달빛은 겨우 길의 위치를 밝힐 뿐이다.

'아무한테도 말 안했는데 나, 중2 때, 대학생오빠한테 기습적으로 키스를 당했어.'

내 말이 좀 컸나보다. 한나가 놀라서 걸음을 멈추었다.

'뭐? 정말이야?'

나는 다시 한나의 팔을 잡고 천천히 걸으며 말했다.

'응. 친구네 집에 놀러갔는데, 귀엽다면서 친구 없을 때 개네 오빠가 갑자기… 근데, 난 그당시엔 그일이 그렇게 화나지가 않았어. 그오빠가 나를 좋아하는 줄 알았거든.'

'좋아하지도 않으면서 그랬대?'

'그러니까 나쁜 놈이지. 그뒤에도 난 오빠 볼려고 친구네를 찾아갔는데, 나를 피하는 거 있지. 얼마나 쪽팔린 일이니. 당했다는 생각이 그때 들었어.'

'친구한테 말 안했어?'

'그오빠, 애인까지 있다는데, 어떻게 말해. 나만 망신이지.'

'그랬구나. 연재 너는 참 씩씩하다. 그래서 금방 잊혀졌어?'

'잊고말고 할 것도 없어. 한 대 맞았다고 생각하기로 했지. 그래도 그렇게 마음먹는데 시간이 한참 걸렸어. 첫 키스의 추억? 웃기는 소리 말라고그래. 무슨 느낌이었는지 알아? 축축해. 그래, 축축했어. 그냥 딱

그느낌이었어.'

나는 웃었다. 허탈한 웃음이 허공을 맴돌다 사라졌다. 괜찮다고, 다 잊었다고 생각했던 일인데, 잠시 분한 마음이 일었다. 길가의 판판한 돌이 뿌옇게 보였다. 내가 거기에 앉으니까, 한나도 따라 앉았다. 엉덩이가 차가왔다.

'한나야. 네가 노란색을 걷어차고뛰어넘어야 이기는 거야. 콱 차버리고 그모퉁이에서 서성대지마. 이젠 넓고아름다운 다른 길로 보란 듯이 씩씩하게 가야.'

'그게 잘 될지 모르겠어. 노력은 하는데, 난 모든 것에 자신이 없거든. 나 같은 처지에도 행복해질 수 있을까?'

'그럼, 당연하지. 네가 얼마나 괜찮은 앤데.'

한나는 억지로 웃어보였다. 떨리는지 자신의 두 팔을 싸안고비볐다.

'내 얘길 들어줘서 고마워. 까다로운 나를 친구로 대해준 사람은 너밖에 없었어. 그래서 네가 나를 안좋아하는 줄 알면서도 미술 학원에 등록해 네 주위를 맴돌았어. 그렇게라도 하고싶었어.'

'실은, 나 아주 못됐어. 나보다 글 잘 쓰는 네가 미술 학원 등록을 해서 그냥 방관하고있었던 거야. 한나 너, 몰랐지?'

한나가 치이, 하며 웃었다.

'그래서, 내가 양심의 가책이 돼서 말하는데, 역시 넌 글을 써야 돼. 암만 생각해 봐도 네 글재주가 너무 아깝단 말이야. 인제 너, 미술 학원 끊어.'

'그럼 너도 글을 써. 네 글 참 따뜻해. 그래서 내가 너를 좋아하게 되었지만.'

'아니야, 됐어. 난 정신 연령이 너무 낮은가 봐. 네 글이 어려워. 난 그냥 그림을 그릴래. 그작업이 더 즐거워. 잘 배워가지고 다음에 네 책이 나오면 내가 그림을 그려줄 게.'

'그림도 좋지. 그렇지만 글 한 편으로 한 사람의 인생에라도 어떤 변화를 줄 수 있다면 대단한 거야. 진짜 작가는 그래야 된다고 난 생각해.'

'누구 얘긴데?'

'누군 누구야, 네 얘기지.'

'내가 무슨, 나 그런 재주 없어.'

'니네들 수학 여행 갔을 때, 내가 어디를 다녀온 줄 아니?'

한나가 일어서며 말했다.

'병원 간댔잖아.'

얼얼한 엉덩이를 털며 나도 일어났다.

'병원? 병원, 맞아. 치료를 목적으로 갔으니까. 전에 살던 동네에 갔었어. 동네는 그냥 평온하기만 하더라.'

한나는 다시 걸으며 말하다가 나를 바라보았다.

'나를 밟아주러 갔었어.'

'뭐? 뭘 밟아?'

'보리, 기억나니? 네가 쓴 글.'

'교지에 실렸던 거?'

'그래. 난 아무렇게나 살았었는데, 그글을 보고 나를 다시 일으키기로 했어. 밟아주면 더 푸르게, 튼튼히 뿌리를 내린다는 네 글처럼, 내가 아주 뽑혀나간 것이 아니라면 말이야.'

'네가 왜 뽑혀나가! 이렇게 애쓰면서 사는데.'

'넌 좋은 작가가 될 거야.'

'작가는 너지, 난 아니라니까. 그럼 그때 왜 다 버리지 못하고 왔어? 나머지는 오늘 버리려고?'

눈을 하얗게 흘기는 내게 한나는 어깨를 칠 듯이 손을 들었다가 내렸다.

'그게 쉬워? 한꺼번에 다 버릴 수 있는 줄 알아? 넌 내가 쉽게 사는 것같니? 그렇지않아, 나 그 컴플렉스 깨려고 엄청 노력하면서 살아.'

'알아, 넌 이미 다 깬 것같다.'

난 걸음을 멈추었다. 한나와 부딪힐 뻔 했다.

'깨긴, 아직도 옐로우라인을 못 넘는데.'

'마음먹기 나름이야. 오늘 넘었어. 오케이, 유 윈! 정한나 이겼다!'

엄지손가락을 치켜들며 한나의 어깨를 탁탁 쳤다. 한나가 떨고있는 것이 느껴졌다. 한나가 입은 점퍼의 지퍼를 올려주고 내 스웨터도 여몄다.

하늘을 보았다. 별들이 내려와 있었다.

한나가 하얗게 웃었다. 싸아하게 저린 내 가슴으로 별이 하나 와서 박히는 것같았다. 나는 그 하얀별을 거부할 수가 없었다.

멀리서 손전등이 일렁이더니, 불빛이 이쪽으로 걸어온다.

'누가 온다. 한나야, 우리 뛰자!'

'무서워?'

'응!'

'뭐야? 어째 너랑 나랑 바뀐 거같다, 얘!'

'하아, 그런가? 뛰자!'

그림자가 더 가까이 다가온다.

'으악!'

'엄마야!'

우리는 꽁지가 빠지듯이 할머니댁을 향해 달렸다.

희미한 밤길을 둘이서 손을 잡고 넘어질 듯 하면서도 넘어지지않게 뛰었다. 바람이 제법 차가왔지만 상관없었다. 피자를 등분하는 칼날같은 저달로 한나의 기억에서 똬리를 틀고있는 노란색을 도려냈으면 좋겠다.

'노란색 귀신은 다 물러가라!'

뛰면서 외치는 내 목소리가 밤공기를 갈랐다. 한나가 웃었다.

'물러가라! 노란색 귀신.'

한나도 장단을 맞추어 소리쳤다.

'물러가라!'

'물러가라!'

우리는 따라오던 불빛도 잊은 채, 구호라도 외치는 듯이 소리지르며 박자를 맞추어 뛰었다.

정말 노란색이 잘려나가 등뒤로 사라지는 것같았다. 가슴이 시원해지면서, 웃음이 쿡쿡 솟았다. 할머니댁 불빛이 성큼 다가왔다.

<제6편/청소년소설 : 靑小說(단편)> 계란 두 판

섬꼭대기쯤에 그언덕아래가 우리동네다 듣고싶을까 숨기고싶은 만져보았다 연탄아궁이에서 들고올라와야 놀랍고 무서운 자리하고있다 밀어주러나오는 아줌마댁으로 아빠생신이라고 묶여있었다 지키고있었다 야단맞았어요 이른새벽부터 없능거 먹고살라고 살고싶다는 가게아줌마가 아쉬웠을까싶을 학상된당 골치아픈 무시당하지않으려고 흉터애기 안오는갑다 봐드릴 웃어보이고는 못찾아 그할머니였다 안팔고 쓰다듬고있었다 갖고가믄 용서할랑가싶어 큰것같아 숭진거 보고있던 떨어지지않았다

〈청소년소설 : 靑小說(단편)〉

계란 두 판

'음, 바다 냄새!'

배가 출발한 지 얼마 되지않아 나는 킁킁거리며 뱃머리로 향했다. 뱃멀미를 하는 사람도 있지만, 내 뱃속과 몸속 신경은 바다냄새에 더 편안해진다.

두 시간 정도를 달리면 나지막한 산등성이로 가리마같은 길이 보이는 섬이 나타날 거다. 그길을 따라 쭉 올라가면 섬꼭대기쯤에 지금은 꽃이 졌겠지만, 여름철에 분홍색꽃이 달큰한 실가닥을 묶어 펼친 것처럼 피는 자귀나무에 매달린 그네가 있다. 그아랫집이 우리집이다. 바로 앞은 툭 트인 바다와 옹기종기 집들이 산아랫마을을 이루고, 바닷가 언덕배기에는 지금은 폐교가 된 작은 분교가 있다. 거기서 오른쪽으로 고개를 돌리면 제일 높은 곳에 초록색 뾰족지붕이 있는 예배당이 눈에 들어온다. 그언덕아래가 바로 우리동네다.

섬에 도착하면 할머니들로부터 '옘병할, 지랄하고 자빠졌네!' 하는 소리를 금방 듣게 될 거다. 전에는 듣기싫었던 그런 말들이 왜 나는 빨리 듣고싶을까. 그러면 나도 '긍께!' 하면서 웃어줄 만큼 자란 것일까.

고향은 그림처럼 아름답지만, 내게는 숨기고싶은 깊은 흉터같은 곳이다. 그러면서도 속상할 때 거리낌없이 고개를 처박고 맘껏 울어도 되는 장소이기도 하다. 나는 옷에 가려져 보이지않는 나의 흉있는 다리를 가만히 만져보았다.

허벅지에서 무릎까지 난 내 흉터는 내가 다섯 살이 되었을 때 생겨났다. 친정에 왔던 큰고모가 나를 목욕시키려다 만든 상흔이다. 고모가 물을 끓여 들고나오다가 바로 그앞에 서있던 나를 피하면서 오히려 내게 그것을 쏟았다. 그당시는 아래로 깊이있는 연탄아궁이에서 몇 층계를 걸어 솥을 들고올라와야 했다. 뜨겁기도 하고 갑자기 나타난 나를 보고 놀란 고모가 실수로 그것을 엎어버리고 말았다. 나의 어릴 적 기억은 다 사라졌지만, 그일은 가장 놀랍고무서운 충격으로 아직도 깊게 자리하고있다.

지그시 눈을 감으면 아빠가 다리를 절며 그네를 밀어주러나오는 그림이 그려진다. 그네를 타면 바다가 하늘이었다가 하늘이 바다였다가 온통 푸른색만 보이는 경계가 없는 세상이 펼쳐진다.

'아빠, 저바다 건너편에도 누가 살어?'

그네가 왔다갔다 하다가 앞으로 쑥 나아갈 때, 나는 손을 뻗어 바다를 찌르며 물었다.

'거도 사람들이 살지라.'

'땅도 안보이는디 동네가 있는지 아빠는 으찌 알어?'

'지구는 둥근께, 배를 타고 아주 멀리 가믄 또 다른 동네도 있고, 나라도 있당께.'

'하늘나라는 바로 보이는디, 땅은 와 안보이는 것이여? 멀리 가믄 바닷물이 다 쏟아져 없어져부러 동네가 나오는 것이여?'

나는 새로운 동네와 나라에 대한 궁금증으로 하루종일 질문을 하고, 아빠는 늦게 얻은 딸에게 일일이 답해주곤 했다.

바람이 불어오자 평상위에서 무릎을 베고누운 내게 할머니가 부채질을 해주는 그림도 생생하게 다가온다. 엄마없이 나를 그렇게 홀로 키우는 아빠를 안타까워하며 할머니는 나를 애지중지했고, 할머니가 돌아가신 후의 일을 걱정했다. 학생 수가 줄어서 폐교가 된 마지막 졸업

생으로 섬을 떠나 내가 아줌마댁으로 유학을 갈 때까지 늘 그래왔다.

'아빠·할머니, 죄송해요. 1년 반만에 방학때도 특강 땜에 못가고, 추석 연휴라고 학원 쉬어서 아빠생신이라고 찾아가네요.'

나는 혼잣말을 하며 바다를 바라보았다. 아빠생신은 추석 하루전날이어서 명절 음식 준비로 바쁘지만, 할머니는 미역국을 못 얻어먹으면 미움을 받는다며 귀한 쇠고기 넣은 미역국을 꼭 끓인다.

내가 가족을 잊고살았던 건 아니다. 늙으신 할머니와 아빠만 생각하면 가슴이 먹먹하다. 아빠가 한참 자랄 때 밀물이 시작된 줄도 모르고 낙지를 캐던 할머니를 구하다가 매어 둔 배에 부딪혀 다리를 다쳤다고 한다. 섬이라 치료가 늦어져서 성장판이 손상되었다. 그래서 아빠는 한쪽 다리가 짧다.

'아빠! 그런 다리로 살아가는 게 힘들지? 알아, 다리 성한 나도 힘든데 아빠는 오죽했겠어? 공부 다 때려치우고 할머니랑 아빠랑 낙지캐고 조개잡으며 그냥 살고싶어. 그렇지만 내가 아빠생각하며 참고 헤쳐나가는 거, 알지?'

눈시울이 뜨거워지고 목울대가 아파와서 난간을 잡고 하늘을 보며 걷는데, 내 발길을 가로막는 것이 있었다.

닥, 하고 어떤 것이 내 발길에 부딪혔다.

'조심성이 참말로 이리도 없당가잉!'

나는 놀라 뒷걸음질 치며 두 팔로 가슴을 싸안았다. 배난간에 기대어 앉아있던 할머니가 일어났다. 할머니가 나를 친 것이다.

'이것이 안보잉가?'

할머니가 가리킨 곳에는 계란이 묶여있었다. 2층으로 겹쳐진 그것을 십자끈으로 단단히 묶어놓은 것을 보고 나는 웃음이 나오려는 걸 참았다. 내가 다칠까봐 친 것이 아니고 계란이 깨질까 봐 나를 친 어처구니없는 상황이다.

'놀랐잖아요. 제가 설마 그걸 밟고 지나가겠어요?'

'이놈의 지지배가 뭔 말대꾸랑가? 내, 가만 있었으믄 밟았제.'

할머니는 위아래로 나를 훑어보았다. 달랑 두 판인 걸 보면 계란 장사도 아닐 테고 섬에서도 특별히 비싸게 팔지않는 그것을 굳이 사갈 필요가 있을까. 집에 가는 길인데 어른앞에서 내가 참아야지, 하고 나는 고개를 숙여 보이고는 선실로 내려갔다.

'기분 좋아서 나가더니, 왜 표정이 그래?'

나는 입을 삐죽이며 양손을 들어 기분 별로라는 신호를 보내고 아줌마옆에 털썩 앉았다. 추석을 맞아 고향으로 가는 사람들은 저마다 선물꾸러미를 안고 배에 기대어 지키고있었다.

'어떤 할머니가 계란을 가져가는데, 내가 깰 뻔했다고 야단맞았어요. 억울해요, 그냥 지나쳤는데 발을 탁, 잡더라고요. 설마 그것도 선물일까요?'

'추석 음식 만드는 데 쓰려고 그러겠지, 뭐. 안깼으면 됐어.'

이른새벽부터 운전을 한 아줌마는 내 어깨를 쓰다듬으며 눈을 감았다. 날씨가 흐려지는지 선실이 조금 어두워졌다. 나도 눈을 감았다. 오랜만에 고향에 가서 이틀 밤만 자고 다시 떠난다고 하면 어른들께서 서운해 하실 거다.

도착하기도 전인데 떠나올 일을 먼저 계획해야하는 나는 마음이 아팠지만, 아줌마에게 그렇게 말하기로 마음먹었다. 공부는 보통으로 해도 된다고, 성장 홀몬이 나오는 깊은 밤엔 푹 자라고 아빠는 말한다. 통화할 대마다 입시생이 아니라고 하는 아빠에게 어떻게 변명을 할까 고민되었다.

'쏘내기 아잉가? 이가실에 뭔 비랑가!'

아까 그할머니가 아래로 내려와서는 계란을 들고 이리저리 자리를 찾았다. 명절 전이라 선실은 승객들로 꽉 찼다.

'비가 와요? 일기 예보엔 비온다는 소식 없었는데.'

나는 자는척 했지만 아줌마가 겉옷을 한쪽으로 밀치며 공간을 좁혀 할머니께 자리를 만들어주었다.

'쬐까! 먹구름이 없능거 본께 그칠 비여.'

'아, 네!'

아줌마는 그냥 네, 라고 하지않고 꼭 '아, 네!' 하고 답하는 습관이 있다.

'딸래미여?'

나를 가리키나 보다. 아줌마는 웃기만 하는 것 같더니, 할머니께 물었다.

'그런데 왜 깨지기 쉬운 계란을 가지고 가세요? 섬에도 팔 텐데요.'

'아, 요것이 보통 달갈이 아니랑께. 내 요놈을 갖다가 삶아서 내 동상하고 밤새 묵음시롱 지난 야그 할라고 안그라요.'

'아, 네에. 동생이 섬에 살아요?'

동생은 섬에 살고 할머니는 뭍으로 시집가서 세 번째로 친정나들이를 한다는 이야기를 했다. 동생 먹고살라고 논밭 안팔고 몸만 시집가서 고생한 이야기며, 아들딸 다 결혼시키고 혼자 돼서 동생만 괜찮으면 섬에서 살고싶다는 이야기가 자장가처럼 들렸다. 어른들의 재미없는 이야기에 하품이 났다.

'이달걀이 말이시, 옛날엔 공책도 되고, 사탕도 되고 그랬당께.'

지금이야 그렇지않지만, 예전에 섬사람들은 물물 교환을 하기도 했다는 얘기를 아빠한테 들어서 나도 알고있다. 계란을 가져가는 할머니도 섬사람이었으면 그랬을 거다. 나는 한 쪽 눈을 살며시 뜨고 곁눈으로 할머니를 보았다.

'그때는 내 동상이 참말로 달리기를 잘했지라. 공책이 떨어지믄 아침에 어메가 달갈 두 개를 안주요. 그 두 놈을 얼매나 뱅뱅 돌림서 점빵으로 가는지 나는 따라갈 수가 없었지라. 한참만에 내가 도착허믄 점빵 아줌니가 햇빛에 달갈을 비쳐보고 있었지라.'

'왜요?'

듣기만 하는 것도 지루한데 아줌마는 묻기까지 한다. 할머니는 더 신이 나서 이야기를 이었다.

'얼매나 돌리부렀는지 흰자하고 노린자가 섞어져부러서 못 받아준다 안하요.'

계란 하나를 집어든 할머니는 그때 가게아줌마가 그랬던 것처럼 비춰보는 시늉을 했다.

'그란 담부터 우리는 달갈을 손바닥우에 이렇게 모시고 댕갰구마요.'

할머니는 양손에 계란을 얹고, 어깨를 들썩이며 위아래로 살짝 올렸디내렸다 아주 조심스레 뛰는 흉내까지 내었다. 얼굴에는 홍조를 띄고 뭐가 그리 즐거운지, 아줌마가 들어주지않았으면 얼마나 아쉬웠을까싶을 정도로 들떠보였다.

'집에 닭을 예닐곱 마리 키왔어도 당체 우리는 달갈은 묵지도 몬했응게.'

아줌마가 깜박 잠들었는지 아, 네! 소리가 들리지않았다.

'아, 선상님 갖다준다고 동상이 시 개를 싸갖고 나오다가 짜빠져서 깨부렀자녀. 나 땜시, 내가 엄니한테 이른다고 장난한 것인디 진짠 줄 알고 내빼다가 그랬당께. 나도 철이 없었지라. 그란 뒤론 우리 둘 다 달갈 맛을 못 봤제.'

혼잣말을 하던 할머니가 무안한지 가만 앉아있는 내게 물었다.

'중학상이여?'

눈을 감고 있을 걸, 하는 후회가 일었다.

'저요? 네, 중학교 2학년이에요.'

나는 처음으로 할머니 얼굴을 정면으로 보며 말했다.

'잉, 우리 거시기는 졸업반인 개빈디. 곧 고등 학상된당 거 보믄. 서울 큰핵교로 간 지가 한참 됐잉께. 도시로 가도 공부를 아주 1등으로 잘 한디야.'

나는 픽, 웃음이 나올 뻔했다. 섬에서 도시로 나간 어린이들이 도시

어린이들을 따라가기가 얼마나 어려운지를 할머니가 알 리 없다. 학교 수업밖에 못해본 내가 서울 학생들에게 뒤지지않기 위해 단과반·종합반 할것없이 뛰어다닌 학원 생각을 하니, 갑자기 머리가 아파왔다. 더 골치아픈 건 사투리다. 섬에서 왔다고 무시당하지않으려고 노심 초사하던 내게 중학교에 입학하자마자 사건이 터졌다. 그당시 학교에서 나는 공공의 적이었다. 곧잘 사투리가 튀어나와 평소 말이 없던 내가 친구랑 다투다가 '옘병할'이라고 한 것이 화근이었다. 섬에서는 욕도 아닌 것을 도시 애들은 그소리에 폭풍을 일으켰다. 그래서 내가 '지랄, 그건 욕도 아니여!' 했다가 입만 열면 욕이라고 지탄을 받았고, 학년초 시범 케이스로 걸려서 반성문도 여러 장 썼다. 아줌마는 학교에 불려갔고, 교무실에서는 무슨 말이 오갔는지 모르지만 점심 시간에 우리 교실로 왔다.

'오, 눈이 반짝반짝하는 예쁜 우리 지호 친구들! 나 지호 이모야. 지호가 한 말을 욕이라고 생각하지 말아 줘. 문화가 달라서 그런 거지, 욕이 아니야. 모두가 똑같지않아서 다 예쁜 점이 있는 거지. 그런 사투리 쓰는 분이 대통령이던 시절도 있었잖아. 바로 지호네 옆동네 섬이 고향이었어. 지호가 차츰 고쳐가게 친구들이 좀 도와주라. 부탁할 게.'

친구들 앞에서 아줌마는 애교를 부리고갔다. 그리고 나를 나무라지않았을 뿐만 아니라 양손 엄지척을 하고 돌아가는 바람에 나는 기죽지않았다. 작가 지망생인 나에게 아줌마는 사투리를 더 깊이 연구해서 이다음에 전라도 사투리로 시나 소설을 써보라고 부추기기도 했다.

아줌마는 우리 이모가 아니다. 아저씨와 아줌마는 우리 섬에 온 여행객이었다. 아저씨는 30년 전에 우리섬에 살았는데, 지금은 남아있는 가족도 없다고 했다. 그들은 바다가 보이는 경치가 섬에서 가장 아름답다고 우리집으로 찾아와서 며칠을 묵었다. 할머니는 젊은 사람들이 참 참하다며 정성으로 낙지 요리를 해주었다.

'예전에 먹던 딱 그맛이네요.'

아저씨는 눈물을 글썽이며 먹었고, 그후로도 섬에 올 때마다 우리집에서 묵었다. 자귀나무그네를 특히 좋아했고, 예배당의 이곳저곳을 사진으로 많이 담아갔다.

아줌마는 프리랜스 사진 작가다. 처음 옥도에 왔다갔을 때, 여름철에도 긴바지만 입고있던 내게 아줌마가 멜빵이 달린 짧은 체크무늬 치마를 선물로 보내왔다. 그런 것을 받아본 적이 없는 나는 감사하는 마음을 전하는 편지를 썼다. 입을 수는 없다고 어렵게 흉터얘기를 꺼낸 것이 아줌마를 다시 섬으로 부르는 결과가 되었다.

'큰도시로 나가서 분수처럼 너의 꿈을 펼쳐보렴, 이렇게.'

아줌마는 길지도 않은 내 머리를 빗겨서 가리마가 있는 꼭대기에 묶어 머리끝을 분수처럼 만들고, 스프레이를 살살 뿌리면서 말했다. 나는 동화처럼 얘기하는 한 마디 한 마디에 감동했고, 생전 느껴보지 못했던 손길에 가슴이 뛰고, 행복했다. 그렇게 몇 년 동안 여름이면 옥도에 오던 아저씨와 아줌마는 섬에 분교가 없어질 때쯤 아빠를 설득해 나를 도시로 데려갔다. 생판 남인 나를 데려다 공부시키려 하는 것은 남다른 의미가 있다고 말했다. 이섬에 살 때, 교회 장로님 도움으로 도시로 나가 공부를 했다고 자신도 그렇게 하는 것이 그분의 은혜를 갚는 길이라고 했다. 나는 망설일 틈도 없이 신세계로 향하는 기쁨에 아줌마를 따라나섰다.

아저씨는 세종시의 연구원이었고, 집에는 아기가 없었다. 아저씨는 주말에만 서울로 왔기 때문에 주로 아줌마와 지내는 생활에 나는 금방 익숙해졌다. 두 분 다 내게 아주 잘 대해 주어서 나는 아저씨와 아줌마가 내 부모님이었으면 좋겠다는 생각을 가끔씩 하곤 한다. 그렇지만 섬에 사는 아빠와 할머니를 떠올리고는 머리를 흔들면서 그마음은 금방 끝나버리고 만다. 내가 미안해할까 봐 아저씨도 도움을 받고 공부했다고 가끔씩 말하면서 부담을 덜어준다. 그것은 학교 생활의 어려움을 극복하는 원천이 되었지만, 나도 성공해서 남을 돕는 일을 할 수 있을지는 잘 모르겠다.

'인자 비는 안오는갑다.'

얘기 들어주는 사람이 없어서인지 할머니는 가방과 계란을 또 챙기며 일어났다.

'제가 짐 봐드릴 게요. 밖에 나가시려면 이건 두고 가세요.'

'이건 기냥 짐이 아니랑께!'

내 말에 아랑곳 않고 할머니는 가지고온 물건을 모두 챙겨서 갑판으로 올라갔다.

'눈을 좀 붙였더니, 한결 낫네. 고향에 가니까 좋지?'

아줌마는 내릴 채비를 하며 겉옷을 입다가 말했다. 나는 대답 대신 웃어보이고는 약간 어리광스럽게 대답했다.

'안데려다 주셔도 잘 찾아 가는데. 혼자 기차타고와서 배타면.'

'못찾아 갈까봐 그런다니? 나도 옥도에 가고싶으니까 같이 가는 거지.'

'명절이니까 금방 올라가야 되잖아요. 아저씨는 혼자 어떡하고요.'

'아저씨도 내일 옥도로 올 텐데. 내가 말 안했나?'

'아, 대박! 아저씨도 오신다고요?'

'그렇다니까!'

나는 입이 다물어지지가 않았다. 그럼 명절 연휴 동안을 온전히 섬에서 보낼 수 있다.

'거의 다 온 것같다, 그치?'

나는 아줌마손을 잡고 감동에 겨워 입을 실룩거렸다.

'진정해. 서프라이즈 할려고 했는데, 이놈의 입이 간지러워서 발설하고 말았네!'

아줌마가 웃으며 말했다.

그때, 갑판위에서 싸움이 났는지 웅성거리는 소리가 들렸다. 다음섬에서 내릴 준비를 하는 사람들이 벌써 조금씩 밖으로 나가고있었다. 구경삼아 나가는 사람들도 있는 것같았다.

'우리도 나가볼까?'

아줌마가 기지개를 켜며 말했다. 나는 고개를 끄덕였고, 우리는 갑판위 소리나는 쪽으로 올라갔다.

'으쯔크란 말이여! 이기 보통 달걀인 줄 알어?'

계란을 가져가는 그할머니였다.

'이, 물어주믄 될 거 아잉가베! 그까짓 계란 가지고.'

그렇게 애지중지하던 계란을 깨뜨린 사람으로 보이는 아저씨가 할머니옆에 서서 불뚝거렸다.

'할머니, 귀한 계란이 깨졌어요? 어떡해요?'

아줌마가 할머니옆으로 다가가자 할머니는 그역성에 기운이 났는지 목소리가 커졌다.

'뭐여? 그까짓 계란? 이건 유정란이란 말이시. 아토피에도 피부에도 얼매나 좋은 거인디. 기양 보통 판것하고 같은 줄 알어? 내가 달포를 한나도 안팔고 모아온 것인디, 이놈의 인사가 한다는 말 보랑께.'

'아, 할매가 길을 막고 서있응께, 깨졌제라.'

'이분 계란은 보통 계란이 아니에요.'

거의 울상이 된 할머니를 보며 아줌마가 말했다. 할머니는 꾸러미를 풀지도 못하고, 깨진 것을 가려내지도 못하고 쓰다듬고있었다. 할머니의 행동이 지나쳐보이기는 했어도 참 딱했다. 아저씨가 지갑을 꺼내어 얼마를 물어주면 되겠냐고 물었다.

'됐어라, 돈으로 칠 것이 아녀라. 요새 시상에 달갈같은 기 별것도 아이제. 내가 동상네 집에 못할 짓을 해놔서.'

한숨을 쉬며, 할머니는 계란묶음을 풀어 아래 윗층을 살폈다.

'10년이나 친정에도 못 댕기다가 인자사 이거라도 갖고가믄 옛날 생

각이 나서 용서할랑가싶어 싸왔는디….'

할머니가 옆에 있던 가방에서 검정 비닐을 하나 꺼냈다. 아줌마는 그것을 받아 깨진 것만 골라내어 까만 비닐에 담았다. 할머니는 넋놓고 앉아있었다. 다행히 깨진 건 몇 개 안되는 듯했다.

'여러 개 깨지진 않았어요.'

내 말에 할머니는 아무 생각없이 고개를 끄덕였다. 충격이 큰것같아 내가 그것을 십자로 다시 묶어주었다.

'어린 데 손끝이 야무치구마이.'

하면서, 할머니는 한 번 더 매듭을 당겼다.

뚜우-.

뱃고동이 울렸다. 하의도를 지나자 뱃머리가 왼쪽으로 방향을 틀었다. 멀리 눈에 익은 우리섬, 옥도가 배앞으로 다가왔다.

배가 선착장에 닿았다. 옥도에서 내리는 사람은 그리 많지않아서 서두를 필요가 없다. 아줌마는 차로 가고 나는 걸어서 나가겠다고 했다. 맨앞에 서있던 할머니가 계란과 가방을 가지고 제일 먼저 내렸다. 저만치 경운기앞에 서있는 아빠가 보였고, 경운기에 타고있는 할머니도 보였다. 나는 손을 높이 들어 흔들었다.

그러나 다음 순간 나는 들었던 손을 천천히 내리고말았다. 계란을 머리에 이고 한 손으로 그것이 떨어지지않게 받친 그할머니가 우리아빠에게로 달려간 것이다. 아빠는 다리를 더 크게 절며 뛰듯이 걸어왔다. 할머니가 오른손에 들었던 가방을 아빠가 받아들자 둘은 손을 잡았지만, 계란을 붙든 손은 머리위에서 떼지않았다.

'갱식아!'

'누님!'

'인자 딸래미 숭진거, 수술시키자이. 내, 지금까지 돈뫄서 갖고왔지라.'

내가 서있는 자리까지 다 들렸다. 두 사람이 엉기는 것을 그림처럼 보고있던 나는 걸음이 뚝, 멈추어졌다.

부앙-.

아줌마가 빨리 나가라고 나에게 눈짓하며 자동차 클랙션을 눌렀지만, 나는 발걸음이 떨어지지않았다. 하늘엔 구름 한 점 없었고, 초가을 오후 햇살이 플랫폼에 따끈하게 내려앉는가 했더니, 내 어깨도 등도 뜨거워졌다.

종이비행기

도심속에 큰길 골목입구에서부터 큰글씨로 그사이사이에 그려져있는 노란국화가 한쪽 용기없는 것같았으니까 철문앞에서 처음보는 문열어 빨아입든지 문열란 보이지않았고 것같다 부엌도구 골방같은 되어있어야지 벽위에는 통하지않고는 그구석의 창고같은 그반대편에 끼워져있다 찍혀있다 쇠로된 골방같은 가있어야 보고싶기까지 듯하다 그소리를 기대고앉는다 것같아 우리엄마가 찾으러올 보통엄만가 그상황보다 이때 큰오물을 먹다남은 음식찌꺼기를 깍두기국물을 들어오지않았다 끝나지않았다면 승우녀석의 빨아입는 새걸로 멀지않은 아기우는 깨진유리사이로 집더미위를 작은방으로 고장나지않았어도 갇혀있을 것같다 따라우는 튀어나올것같아서 차고있던 무섭지않아 그아래에 세우고있는 큰대회에 왼성해본 니지않았다 화장실앞까지 하얀자기로 풀벌레소리가 물고따라왔다 안무서워 빈방에서 구석쪽으로 어둠속에 그문을 것같아서 그문앞으로 어른거리다멈추었다 박수소리를 어둠속에 하얀사기로 무섭지않아 땅속에 웅크리고누웠다 해결사엄마가 오지않아 만만치않다 손전등불빛이 알고보면 하고싶은 애어른처럼 잊고울었다 안왔으면 사람소리가 어둠속에서 듣고있었다

<청소년소설 : 靑小說(단편)>

종이비행기

나는 갇혔다.

내 발로 걸어온 산동네 철거 지구 '시-12'(C-12) 빈집에 혼자 갇힌 신세가 되었다. 입술을 깨물어서 아픈 걸 보면 꿈은 아니다.

도심속에 이런 곳이 있을까. 타임머신을 타고 과거로 불시착이라도 한 듯 낯선 곳, 학교에서 큰길 하나 지나는 가까운 거리다. 이곳은 골목입구에서부터 빨간 페인트로 '시-1'(C-1), '시-2'(C-2), '시-3'(C-3)··· 이렇게 담벼락이나 대문에다 큰글씨로 표시가 되어있다. 그사이사이에 아무렇게나 칠해놓은 가위표와 무시무시한 해골 표시같은 것, 마치 피가 흘러내리는 것처럼 그려져있는 그것들을 처음 보았을 때 되돌아갔어야 했다.

불길한 예감을 떨쳐버릴 수 없었는 데도 발길을 돌리지 못한 건 내 잘못이다. 창문이 떨어져나간 집, 대문이 없는 집, 심지어 지붕까지 날아간 집을 보면서 나는 애써 태연한 척 걸었다. 허물어진 반쯤 남은 담벼락에 기댄 노란국화가 한 쪽으로 쓰러진 채 피어있다.

"어째 으스스하다, 야! 그만 가자."

절반 쯤 왔을 때, 더는 참기 힘들었던 내가 말했다.

"왜? 무섭냐?"

앞서가던 승우가 나를 돌아보았다. 한쪽 입술을 올리며 웃는 것이 비아냥거리는 것처럼 느껴진다.

"아냐, 무섭긴. 안 무서워!"

"그럼, 와 봐."

나는 쭈뼛쭈뼛 따라올 수밖에 없다. 내가 되돌아가면 용기없는 애가 될 것이고, 점심 시간에 싸움에서 이긴 것도 무효가 될 것같았으니까.

'시-12'(C-12)라는 표시가 되어있는 철문앞에서 승우가 멈췄다. 주머니에서 열쇠를 꺼낸 승우가 밖에 달려있는 자물통을 열고 성큼 안으로 들어갔다.

이런 집을 처음보는 나도 승우를 따라 두리번거리며 들어왔다. 내가 잠시 신기한 듯이 집안을 살피는 것을 본 승우는 곧 바로 밖으로 나가서 철컥, 자물쇠를 걸었다.

"넌 여기 혼자서 좀 있어!"

어이없었다. 웃음이 나왔다.

"장난치지 말고 문열어."

"내가 50만 원이 어디 있겠냐? 점퍼 값 갖고 올 때까지 여기서 기다려."

녹슨 철대문이 삭아서 떨어져나간 틈새로 승우가 보였다.

"뭐야? 좀 심하지않냐? 어서 문열어!"

"여기는 지난달까지 내가 살던 집이야. 탈출을 해서 날 신고하든지 옷을 빨아입든지 해."

승우의 목소리에 장난기라고는 찾아볼 수가 없다. 덜컥 겁이 났다.

"야! 강승우! 문열란 말이야! 점퍼 값 물어내라고 한건 너 겁주려고 그런 거야."

삐그덩거리는 철문을 잡고 흔들며 소리치는 나를 두고 승우는 어느새 언덕길을 뛰어내려갔다.

"강승우! 너만 가면 어떡해! 강승우!"

승우의 모습은 금세 보이지않았고, 내 목소리만 울린다. 나는 그제야 내가 갇힌 것을 알았다.

<

"여기 사람 있어요, 도와주세요!"

대문을 쾅쾅 두드리며 살려달라고 소리를 질러봤자 아무도 듣는 사람조차 없다. 여기는 새로운 어파트가 들어설 곳이어서 빈집만 있다는 걸 들은 것같다.

밖으로 나갈 수 있는지 집안을 살펴보았다. 대문과 붙은 벽위에는 슬레이트 지붕이 있어 대문을 통하지않고는 나갈 수가 없게 되어있다. 마당이랄 수도 없는 작은 공간, 그구석의 창고같은 문을 열어보던 나는 코를 틀어막으며 뒷걸음질 쳤다. 고약한 냄새로 보아 화장실이 분명했다.

반대편에 위치한 수도꼭지에는 철사로 꽁꽁 동여매어진 고무 호스가 끼워져있다. 층계 두 칸을 올라가서 주먹이 들락거릴 정도의 깨진 유리가 박힌 마루문을 열었다. 아무것도 없는 휑한 마루엔 신발자국만 찍혀있다.

나도 운동화를 신은 채로 올라갔다. 부엌도구를 걸었던 쇠로된 걸이가 한 쪽 나사가 빠져서 비뚤게 붙어있다. 왼쪽으로 쇠창살의 창문이 있는 방 하나와 반대쪽에 창도 없는 골방같은 작은방이 있다. 나는 마루에 주저앉았다. 4방이 막혀있어 나갈 곳이 없다.

지금 쯤 나는 학원에 가있이야 될 시간이다. 집에서는 나를 찾아 야단이 났을 것이다.

“적어도 5분 전에는 수업 준비가 되어있어야지.”

학원 엘리베이터 앞에서 지각하는 학생들에게 꿀밤을 주던 원장 선생이 보고싶기까지 하다.

천장에서 우르르 천둥소리가 난다. 깜짝 놀라 몸을 움츠린다. 잠시 후에 또 무엇을 훑는 소리가 빠르게 지나가더니, 찍찍거린다. 낡은 집은 흔들리는 듯하다.

그소리를 피해 방으로 들어가서 한쪽 벽에 기대고앉는다.

조금씩 어두워지기 시작한다. 천장에서 흘러내려 축 늘어진 전선줄을 따라 눈을 굴려본다. 짐작대로 전구는 없다. 낯선 벽 구석구석에서 나를 노려보는 눈이 있는 것같아 무섭다.

“난 곧 구조될 거야. 우리엄마가 보통엄만가. 어떻게든지 내가 있는 곳을 알아내서 찾으러올 거야.”

가슴을 쓸어내며 나를 위로한다. 건물이 무너지고 지하에 갇혔던 사람들까지 구조하는 장면을 티뷔(TV)를 통해 본 적이 있다. 나는 그상황보다 덜 위험한 곳에 있다. 유독 가스도 없어 편히 숨을 쉴 수 있고 몸도 움직일 수 있지않은가.

<

점심 시간이다. 식사가 끝나고 식판을 정리대로 가져가다가 승우와 부딪혔다. 승우녀석의 식판에 묻었던 짜장 소스가 내 엔에프(NF) 점퍼에 묻었다. 순간, 무슨 일이 벌어질지 기대하는 친구들의 시선이 내 온몸에 쏠렸다.

"닦어!"

눈을 부라리며 내가 말했다.

"일부러 그런 것 아닌데."

승우는 대수롭지않다는 듯이 손으로 내 팔꿈치를 털었다.

"아직 묻어있잖아. 이거 모두 지워내!"

이때, 줄지은 친구들이 웅성거리면서 미는 바람에 승우는 내 허리와 팔꿈치에 더큰 오물을 묻히며 식판을 떨어뜨릴 듯 휘청거렸다. 나는 식판을 내려놓고 먹다남은 음식찌꺼기를 승우의 얼굴에 칠했다. 승우도 깍두기국물을 두 손으로 묻혀서 내 옷에 비볐다. 싸움은 순간이었다. 승우와 내가 엉켜붙어 바닥에 나뒹굴었다.

그때, 주머니에서 튀어나간 내 핸드폰이 정수기 코너에 부딪히며 떨어졌다.

"아, 핸드폰!"

얼른 핸드폰을 주웠으나 액성이 이미 깨졌다. 전원이 들어오지않았다. 먹통이다.

점퍼에 얼룩진 오염보다 핸드폰 망가진 게 더 화가 났다. 나는 승우의 멱살을 잡고 얼굴과 어깨를 마구 패주었다. 승우가 코피를 흘리면서 싸움은 끝났다. 체구도 조그만 녀석이 얼마나 다부진지 그쯤에서 끝나지않았다면 아마 내가 졌을 거다.

오후 수업 시간에 승우와 나는 복도에서 손을 머리에 얹고 벌을 받았다.

핸드폰 망가진 것 때문에 나는 승우를 더 윽박질렀다. 점퍼의 군데군데에 음식물로 얼룩진 곳을 들이대며 겁을 주었다.

"이거 50만 원도 넘는 옷인데, 물어낼 수 있어?"

"뭐? 5, 50만 원…?"

승우녀석의 놀란 눈이란.

"이건 그냥 빨아입는 옷이 아니거든. 당장 새걸로 사내!"

그리 멀지않은 곳에서 아기우는 소리가 났다. 정신이 번쩍 났다.

'사람이 사는구나!'

반가워서 철창의 깨진유리사이로 밖을 내다보았다. 그러나 내 눈에 비친 것은 무너진 집더미위를 지나가는 고양이 한 마리였다. 고양이는 내가 있는 곳을 힐끔 쳐다보았다. 섬뜩했다. 잠시 후, 고양이 두 마리가 무섭게 할퀴며 싸웠다. 곧 이방으로 쳐들어올 것같았다.

'아아, 승우 나쁜 놈! 경찰에 신고해서 감옥 살게 할 거야!'

나는 그방을 나와서 작은방으로 갔다. 방문을 닫으니, 깜깜하다. 그래도 창문이 없는 것이 오히려 무서움은 덜했다. 핸드폰만 고장나지않았어도 이렇게 갇혀있을 일은 없다. 눈물이 주르르 흘렀다. 내 꾀에 내가 이렇게 쉽게 넘어가다니, 아무리 생각해도 무엇에 홀린 것같다. 덩치가 커서 친구들은 내가 싸움을 웬만큼 하는 줄 알지만, 사실 나는 싸움을 잘 못한다.

한참을 훌쩍거리며 울었다. 내 울음소리가 빈방에서 울리는 것같기도 하고 누가 따라우는 것같기도 하다. 나는 울음을 멈추었다.

구석쪽으로 손잡이가 달린 문이 있는 곳에 시선이 꽂혔다. 어둠속의 그문을 열고 무엇이 툭 튀어나올 것같아서 견딜 수가 없다. 기어서 그 문앞으로 갔다. 그림자가 어른거리다멈추었다.

"야광 시계!"

그제야 내가 차고있던 손목시계가 야광이라는 생각이 났다.

'난 남자야! 무섭지않아.'

스스로에게 최면을 걸면서 시계를 눌렀다. 천천히 좌우를 훑어보았다. 아무도 없다. 5초가 지나자 불이 꺼졌다. 다시 눌렀다. 작은 빛이 이렇게 소중한 줄 몰랐다. 심호흡을 하고 시계의 야광 버튼을 계속 누르면서 붙박이장의 문을 열었다.

거기엔 과학 상자 부속품들이 있었다. 피식 웃음이 나오려던 나는 바로 그아래에 안테너를 세우고있는 조립식 라디오를 발견하고는 표정이 굳어졌다. 나는 슬며시 승우의 비밀스런 문을 닫았다.

8시, 영어 과외할 시간이다. 엄마의 화난 얼굴이 스친다.

나는 뭐든 내 힘으로 한 적이 별로 없다. 그냥 엄마가 짜놓은 시간표대로 움직이면 되었다. 일기도 엄마가 고쳐주고 방학 숙제도 엄마가 시키는 대로 하면 된다. 그래서 최우수상을 타고 큰대회에 나가기도 하면서 학교에서 내 이름은 제법 알려졌다.

라디오 조립 대회 때였다. 분명 하루 전에 조립품을 사 집에서 완성해본 것이었는데, 학교에서는 조립을 끝낸 후, 소리가 나지않았다. 시간이 지나 탈락을 당한 나는 교실로 그것을 가져갔다.

그때, 옆에 있던 승우가 내 라디오 안테너를 잠깐 만지작거렸는데, 지직거리다가 소리가 났다. 급우들이 와아, 하고 환호했다. 동시에 나는 창피해서 얼굴이 화끈거렸다. 나는 신경질적으로 라디오를 쓰레기

통에 던져버렸다.

작년에 글라이더를 조립해 날릴 때도 나는 승우의 모습을 잊을 수 없다. 가장 먼저 조립을 끝낸 내가 바람의 방향을 잡아 그것을 날렸다. 박수소리를 들으며 나는 급우들과는 조금 떨어진 운동장 구석에서 종이비행기를 날리는 승우를 보았다. 그때부터 친구들은 승우를 종이비행기라고 놀렸다. 하지만 승우는 올봄 생활 과학 아이디어 대회에서 5학년 전체 최우수상을 타면서 친구들을 놀라게 했다.

또 시간이 흘렀다. 벌써 아홉 시가 지났다. 한 시간쯤 전부터 마려웠던 오줌을 더 참을 수가 없었다. 배가 아프기 시작하다가 다리·허리·팔까지 저려왔다. 이를 악물고 밖으로 나와 뒷걸음질 쳤던 화장실 앞까지 갔다. 어둠속에 하얀사기로 된 변기가 보였다.

오줌을 짜듯 힘을 주어 볼일을 보는데, 풀벌레소리가 난다. 가까이서, 또 멀리서 들리는 그소리는 벌레들의 비명같다. 마루문을 닫고 얼른 방으로 들어갔다. 무서움증이 꼬리를 물고따라왔다. 소리가 점점 크게 들린다.

'난 안무서워, 하나도 무섭지않아. 땅속에 갇혔던 사람도 구조되잖아."

나는 운동화를 벗어 입구에 둔 채 웅크리고누웠다. 바닥이 차가왔다.

시간이 너무 더디게 간다.

"아아, 엄마! 해결사엄마가 오늘은 왜 이렇게 행동이 늦어요?"

엄마는 내가 집에 오지않아 경찰에 신고했을 것이고, 구조대는 곳곳을 찾다가 느디어 이곳까시 올 것이다. 쭈르륵, 눈물이 또 흐른다.

9시 55분.

이젠 바람소리가 들린다. 대문까지 흔들면서 바람이 분다. 밖에서 무슨 소리가 나는 것같기도 하다.

드르르르.

'저 소리는!'

이방으로 들어올 때 마루문을 닫았다.

누군가가 문을 여는 소리가 분명하다. 소름이 돋았다. 나는 방문을 잠그기 위해 반사적으로 일어나 손잡이를 잡아당겼다.

아, 문밖에 벌써 어떤 힘이 와있다.

잠글 새도 없이 있는 힘을 다해 당겼다. 밖의 힘도 만만치않다.

왈칵 방문이 열렸다. 나는 손잡이를 놓치며 뒤로 주저앉았다. 불빛이 내 얼굴을 비췄다.

"야, 이새끼야! 여기도 탈출 못하냐?"

승우였다. 나는 눈을 번쩍 뜨고 승우를 쳐다보았다. 눈물이 펑하고 쏟아졌다.

승우가 무릎을 굽히며 앉았다. 손전등불빛이 방바닥에 나동그라졌다.

"승우야! 너, 너구나!"

말까지 더듬으며 나는 승우를 붙잡았다.

"안방 철창 밀기만 하면 떨어져, 짜식아! 창문으로 뛰어내리면 바로 길인데 왜 집에 안갔어? 왜 여태 여기 있어?"

울먹이는 승우의 목소리에서 꺽꺽 이상한 쇳소리가 난다.

탈출을 할 방법이 있었다니. 종이비행기라는 별명은 승우가 아니라 내게 붙여져야 맞다. 알고보면 나는 특별히 하고싶은 것도 없고, 저항도 하지 못하고, 그저 시키는 대로 하는 마마보이 아닌가. 어째 창문을 밀치고 뛰쳐나갈 생각을 못 했을까?

나는 그런 내 마음을 감추고 제법 철이 든 애어른처럼 말했다.

"내가 못 나간 거냐? 너 올 때까지 기다린 거지."

내가 생각해도 정말 대답을 잘했다.

승우와 나는 부끄러움도 잊고울었다. 울면서 이런 시원한 기분은 처음이다.

"미안해, 준영아."

승우가 내 손을 잡았다.

"미안하긴, 억지를 부린 건 나잖아. 올 줄 알았어. 너 안왔으면 정말 친구 안할 작정이었어."

승우가 잡은 손을 나는 마치 형이나 된 듯이 탁탁 치면서 호기를 부렸다.

밖에서 사람소리가 났다. 내가 귀를 쫑긋 세우자 승우가 손전등을 껐다. 둘 다 숨을 죽였다.

"불빛이 분명히 올라가는 걸 봤다니까요."

"빈집만 있는데 애들이 여길 뭐 하러 왔겠어요?"

"승우 있니?"

"준영아!"

어둠속에서 나와 승우의 눈빛이 맞부딪히며 반짝였다. 우리는 잡은 손에다 힘을 주며 쿵쿵 울리는 심장소리를 듣고있었다.

참회록같은 소리

식탁위에 들고나오기 기억속에서 찬밥신세이고 뒷전이잖아 양보하고이해하고참아야 새학년이 글짓기대회에서 자랑하고싶은 달려왔는데 올려져있는 식탁위에다 꺼내놓았어 빈냄비를 세탁바구니위에 체육복바지 입고나가다가 갈아입고가라고 드러누워버렸지 해주실었어 다음날이 막내외아저씨 할머니댁이 외아저씨한테 떠올려보냈잖아 딸려올라가는 은행나무꼭대기까지 가지고왔던 눌려져있던 뛰어넘었어 안어울린다고 일어나앉았어 덮어썼는데 침대위였어 안일어났는데 박차고일어났어 언니옷은 감사해야할지도 감사해야할지도 배고프지않았고 당하지않았으니까 쪽팔리잖아 큰손길같아서 엄마심부름이라도 뛰쳐나가고싶어 왔다갔다하며 할머니집이 쓰다듬어주셨어 망설임끝에 밝히고싶었는데 터져나왔어 엄마아빠 사랑받으며 중요하지않다는 큰마음으로 안되겠니 안깨어나서 할머니방으로 어루만져주셨어 엉엉거리는 쪼그라져있다가 언니가슴에 빠른걸음으로 아저씨말에 문제지앞에 큰길가에서 소나무길따라 언덕입구에 뽑아버렸을 엎드려있는 찾아왔디야 갖고있었다 언니땜에 편안해지지가 미안해한다 데려다준다는 졸려죽겠어

'어, 알았어. 잘했네.'

엄마는 건성으로 말했어. 이미 외출복 차림이었지. 그래도 나는 그냥 참으려고 했어, 잘했다고는 했으니까. 내 상장을 식탁위에 놓고 언니한테 가려고 가방을 들고나오기 전까지도 말이야.

알아, 언니는 아픈 거. 언니는 내 기억속에서 계속 아파서 병원에 다녔고, 중학교 입학하고는 1년도 지나기 전에 병원에 입원한 거 안다고. 엄마는 잘 다니던 좋은 회사를 그만두고 언니를 돌보고, 아빠는 언니 병원비 때문에 밤늦게 집에 들어오고, 주말까지 투잡 뛰는 거 등등 다 안다니까. 그래서 나는 우리집에서 찬밥신세이고 뒷전이잖아. 늘 항상 언제나 그랬어. 안아픈 내가 다 양보하고이해하고참아야 했어.

그렇지만 말 좀 들어 봐, 내가 지나친가. 새학년이 되고서 한 달만에 '물의 날' 환경 글짓기대회에서 중3인 내가 고등 학생들을 다 누르고 엔(N) 구에서 대상을 탄 거잖아. 중·고등부 전체에서 1등, 이건 어마어마한 거야. 학교에서도 학원에서도 자랑하고싶은 거 겨우 참고 달려왔는데, 엄마의 시큰둥한 반응이라니. 나는 맥이 빠지는 정도가 아니라 분노가 치솟았어. 그렇지만 입술을 깨물며 서운함을 꼭꼭 눌렀지.

엄마는 국냄비가 올려져있는 쪽 개스 불을 켜놓고 무표정한 얼굴로 식탁위에다 몇 가지 반찬을 꺼내놓았어. 금방 국냄비에서 국물이 끓어 넘쳤어. 내가 달려가 불을 끄면서 뚜껑을 열었더니, 냄비안에는 국물이 한 국자도 안남아 타기 직전인 거야.

'내가 이렇게 정신이 없다, 밥은 있나 몰라.'

엄마가 빈냄비를 확인하고는 가지고왔던 국그릇을 들고 밥통을 열어 보았어.

'밥은 있어?'

내가 묻자 엄마는 멋쩍은 표정으로 고개를 끄덕였어. 나는 엄마에게서 그릇을 당겨 밥을 퍼담았어.

'됐어, 내가 그냥 밥먹을 게. 엄마 바쁘면 가아.'

'미안해, 엄마 오늘 병원서 못 와. 아빠는 좀 일찍 온댔어.'

엄마는 그렇게 말하고는 뒷걸음으로 나갔어.

눌려져있던 화가 다시 치솟았어. 그래, 나는 그냥 그림자야. 상장을 가만히 보고 있는데 눈물방울이 그위에 뚝뚝 떨어지는 거야. 언니만 친딸이고 나는 데려다 키운 자식인지도 모른다는 생각이 종종 들었거든. 그게 실감이 나는 순간이었어. 그걸 증명이라도 해주듯이 나는 아기때 사진이 없잖아. 발자국 찍은 사진이 있다고? 그거야 나도 봤지, 그건 내 친엄마가 갖다 줄 수도 있는 일이고.

슬픔의 강도는 한계치를 뛰어넘었어. 나의 장한 일은 우리집에서 기쁨이 되지 못했지. 세탁바구니위에 던져놓은 내 체육복바지 한쪽 자락이 삐져나와 있는 게 보였어. 그걸 보니, 존재감 바닥인 내 신세가 새삼 확인이 되는 거야.

지난겨울 폭풍 성장한 내가 체육복바지가 짧아져서 새걸로 사달라고 했을 때, 엄마는 무심히 1년만 더 다니면 되는데 그냥 입지? 그랬거든. 그뿐인 줄 알아? 윤서 생일날 언니 패딩점퍼 몰래 입고나가다가 엄마한테 들켰을 때는 어쨌는 줄 알아? 나한테 작아서 안어울린다고 내 옷으로 갈아입고가라고 했어.

체육복 작은 건 괜찮고 사복 작은 건 다르다는 논리는 뭔데? 엄마의 앞뒤 맞지않는 그소리가 서운해서 다이어트 한다고 2주쯤 고생하다가 포기했어. 배가 고프기도 했지만, 해봤자 뭐가 달라져. 날씬해져도 알아주지도 않을 것 같아서야. 저녁밥을 먹지않고 그대로 밥을 밥통에 갖다붓고는 식탁위를 치웠어. 밥이 문제가 아니었어, 다 귀찮아서 벌렁 드러누워버렸지.

30분도 안되어 나는 발딱 일어나앉았어. 엄마를 깜짝 놀라게 할 작전이 떠올랐거든.

집을 나가는 거야! 비행 청소년이 되어 엄마를 걱정하게 해주고싶었어. 엄마는 다음날이 우리 학교 개교 기념일이어서 내가 학교에 안가는 줄도 몰랐거든. 그다음 날은 토요일, 또 다음날은 일요일. 적어도 며칠은 엄마속만 태우고 학교 생활에도 지장이 없게 할 수가 있는 거야, 아자!

왜 있잖아, 막내외아저씨(외3촌) 결혼식때 예식장 건물 뚜껑이 열리고 수백 개의 풍선을 하늘로 떠올려보냈잖아. 그때처럼 나도 하늘로 딸려올라가는 기분이 되었어. 다시 누워 이불을 덮어썼는데 몸이 붕붕 뜨는 거야.

그럴 때 눈을 감으면 난 어디든지 갈 수가 있어. 꼭 좋은 일이 있을 때만 풍선타는 기분인 건 아니야. 나는 때때로 아니, 자주 풍선을 타고 여행을 하듯이, 과거로 혹은 미래로 넘나들 수가 있어. 처음엔 아주 작은 동작이었던 것이 이젠 제법 범위가 넓혀져 나의 능력은 커졌어.

나는 전철을 타서 환승하고 또 고속 버스를 타고 할머니댁이 있는 동네에 도착했어. 마치 풍선을 탄 듯했지만 그렇게 빠르지는 않게 석 정한 시간적 간격은 두고서. 할머니가 나를 와락 껴안자 눈을 떴는데, 내 침대위였어. 맞아, 또 상상으로 잠깐 다녀온 거야.

진짜 내가 어디를 간 것처럼 느껴질 때가 있다고 외아저씨한테 얘기했더니, 유체 이탈이라고 했어. 일어나기 싫은데, 억지로 일어나야할 때 있잖아.

방문 손잡이를 왼쪽으로 젖혀서 문을 열고 햇살이 쏟아지는 거실로 나가. 정말 매끄러운 손잡이 감촉도 따뜻한 햇살도 확실한 느낌이야. 그렇지만 실제로 눈을 뜨면 아직 침대일 때가 있어. 몸은 안일어났는데 마음만 앞서가서 잠시 몸과 마음이 분리되는 상태인 거지.

꿈과는 다르지만 꿈같은, 그러면서도 불분명한 일들을 나는 가끔 겪어, 정말이야. 그것이 꿈이라면 마음껏 훨훨 날 수 있을 텐데, 몽유병처럼 그이상의 능력 발휘는 안되는 데에 현실감이 있지. 꿈이 아니라는 걸 알게 되는 건 바로 그때야.

일정한 높이 이상 날지 못하고 딱 학교 담장이나 가로수 은행나무꼭대기까지, 그이상을 넘지 못한다는 거. 진행되는 시간도 가속도가 붙지 않고 실시간의 속도로만 허락되는 그것이 의식이 작용하는 한계야.

환상에 젖어있을 때가 아니었어. 나는 이불을 박차고일어났어. 갑자기 바빠졌지. 책가방에 있던 책을 모두 꺼내고 거기에다 간단한 짐을 챙기기로 했어. 교복차림으로 갈 수는 없어서 옷장을 열어보던 나는 쓴웃음이 나왔어. 1년에 한두 달 집에 와있는 언니옷은 유명 상표 코트, 점퍼에 원피스, 내 옷은 고만고만한 온통 인터넷으로 산 무채색 티셔츠에 청바지, 또 청바지 그리고 무릎나온 바지 일색이었으니까.

이건 공주님과 시녀의 옷같은 거야. 말로는 그러지, 진솔이는 여장부감이라고. 그게 칭찬이 아닌 걸 알겠더라고. 뭐, 상관없어. 그동안 배고프지않았고 학대같은 것도 당하지않았으니까 감사해야할지도 몰라. 장롱문을 쾅 닫은 나는 그냥 편한 옷차림으로 나가기로 했어.

전화기는 두고 가야 될 것같았어. 엄마가 위치 추적을 해볼지도 몰라서. 금방 잡히면 시시하고 쪽팔리잖아. 그동안 모아둔 용돈도 지갑에다 넣었어. 7만 4천 원, 설날 이전부터 아껴서 모아둔 거야.

그밤이 어찌나 긴지 날이 밝기 전에 뛰쳐나가고싶어 엎치락뒤치락, 천국과 지옥을 수없이 공전했어. 그렇지만 두려우면서도 새로운 세상으로 나가는 도전이 싫지않았어. <

다음날 아침에 아빠가 엄마 없다고 아침을 차려줄까 봐 학교가는 시간보다 일찍 집에서 나왔어. 그래야 사복차림을 안들키기도 했고. 그런데 계획을 바꾸어 전화기는 살짝 들고나왔어. 물론 비상용이어서 전원을 끄고 가방 깊숙이 넣었지.

밖으로 나오니, 부드러운 봄바람이 부는 거야. 봄바람은 왠지 내가 하려는 행동에 용기를 주며 쓰다듬는 큰손길같아서 가출 날짜를 참 잘 잡았다는 생각이 들었어.

내가 다섯 살까지 살던, 무슨 잘못을 해도 다 용서해 줄 외갓집. 나는 이미 청주 외할머니 댁으로 갈 곳을 정해두었어. 이번 기회에 내 출생의 비밀을 밝혀 보기로 결심하고 전철역으로 바삐 걸었지.

나는 이런 일이 처음이 아닌 것처럼 마치 엄마심부름이라도 가는 듯이 개찰구로 향했어.

별별 상상을 다 하면서 청주에 도착했어. 시외 버스 터미널 앞 택시 정류장에는 여러 사람들이 줄을 서있었어.

'혼자여?'

내 차례가 되어 차에 오르자 역시 아저씨의 첫마디가 그랬어.

'네, 오늘 개교 기념일이라서 학교 안가거든요. 엄마심부름 가요. 미호마을요.'

쓸데없는 거짓말까지 보태며 태연한 척 대답했고, 차는 출발했어. 아저씨가 거울로 나를 쳐다보는 것같았어.

하늘은 아주 맑고 상쾌한 날씨야. 나뭇잎이 느낌표로 피어나오고 있었어. 하늘을 향해 뻗어있는 낯설지않은 가로수와 도로가 예전에 가본 길이 맞는 것 같은 거야.

'뭔 심부름 가능겨?'

거짓말을 미리 준비하기 전에 묻는 바람에 나는 살짝 머뭇거리다가 얼버무렸어.

'그냥 할머니 댁에요.'

아저씨는 뭔가 이상하다는 듯이 또 한참을 힐끔거렸어. 별일이야, 남의 일에 웬 관심? 하면서 나는 바깥 풍경을 보는 척했지만 마음이 조마조마했어, 아저씨가 내가 집 나온 걸 알아챌까 봐. 그렇게 차는 달렸어. 막힘없이 시원스레 달렸어.

'미호마을 입구여. 으디 내려?'

한참 딴생각을 하고있다가 아저씨말에 눈을 비비고 4방을 보았어.

예전 왔던 곳이 아니었어. 물론 어젯밤에 와 본 길도 아니었지. 나지막한 집들이 있던 곳은 큰건물로 바뀌었고, 한쪽 길가에 있던 오래된 상가들은 아예 싹 없어지고 도로 공사 중이었어.

'버스 정류장앞에 마을금고가 있고, 또 큰 수퍼가 있어요.'

나는 내릴 곳이 아니라는 듯이 말했어.

'여기가 거기여. 마을금고하고 수퍼 읎는 데가 으디 있어?'

아저씨가 차를 세웠어.

'8천 5백 원이여.'

만 원짜리 한 장을 꺼내어 택시 삯을 냈어.

외할머니댁 전화 번호를 안적어온 걸 그제야 알겠더라고. 엄마 전화 번호도 기억이 안났어. 물론 전화할 일은 결코 없지만 말이야. 잊는 건 참 쉽고 억울할 것도 없다고 여겼었는데, 묘한 금단 현상이 생기더란 말이지. 공부하긴 어려워도 시험 끝나면 까먹는 건 순간이잖아. 딱 그 벼락치기 공부로 4지 선다형 전화 번호를 찾는 문제지앞에 있는 것같은 멍 때리기로 한참을 서있었어. 그러다가 나는 더는 참을 수 없어 버스 정류장 긴의자에 앉아 가방을 뒤져서 전화기를 꺼내고 말았지 뭐. 전원을 켜는 순간 약간의 가슴 떨림은 바로 배반의 역사로 이어졌어. 전화기를 켰을 때 빨간 불이 안들어온 적이 없었단 말이지. 그런데 어이없게도 아무런 연락도 온 게 없었어. 전화는커녕 카톡 하나도 안 왔어. 내 존재감이 저기 길거리에서 바람에 떠내려가는 비닐 봉지만도 못한 거야. 전화기를 도로 꺼버렸어.

그런 거지 뭐, 하고 길 양쪽을 왔다갔다하며 진정을 하려고 했어. 낯선 큰길가에서 나는 아주 바보가 되어 4방을 두리번거렸지. 차가 쌩쌩 달려가고 사람들도 바쁜 듯이 지나쳤어. 5학년 때인가 식구들이 함께 다녀가기는 했는데, 아빠차로 움직였기 때문에 길에 대한 기억은 아주 먹통이었어.

궁하면 통하는 건지 그때 언뜻 떠오르는 게 하나 있었어. 언젠가 할머니가 보낸 택배 박스를 분리 수거 하면서 아빠가 탑연리 몇 번지가 엄마 고향이라며 스티커를 떼던 기억이 난 거야.

탑연리, 탑연리를 중얼거리다 약국으로 들어갔어. 하얀 가운을 입은 할아버지 약사한테 길을 물었지. 왼쪽 길 10미터 지점에서 좌회전해 쭉 가다가 또 왼쪽으로 난 소나무길따라 들어가면 오른쪽에 자리잡은 동네가 탑연리라고 친절하게도 알려주는 거야. 10미터면 크게 걸어 스무 걸음, 그만큼 걸으니까 정말 4거리가 나왔어. 왼쪽으로 쭈욱쭉 걸었지, 왼쪽에 소나무길이 나올 때까지.

아, 소나무길! 길은 넓혀졌지만 소나무길은 낯익은 방향으로 놓여있었어. 돌 조각상이 있는 야트막한 언덕입구에 들어섰을 땐 나오는 눈물을 참을 수가 없었어. 걸어가면서 나는 엉엉 울었지. 누가 쳐다봐도 상관없었지만, 길가는 사람이 아무도 없었어. 유치원 들어가기 전까지 내가 살던 곳, 할머니 손잡고 뛰어다니던 길이 맞았으니까. 거기서부터는 쉬웠어. 내 짐작대로 가니까 할머니집이 나타났거든.

할머니를 만난 장면을 다 말할 수는 없어. 나는 앞뒤도 없이 할머니한테 엄마의 비행을 조목조목 일렀지. 대충 3년 치는 말했을 거야. 내가 나쁜 청소년이어도 어쩔 수 없어. 그동안 나도 여러 가지로 힘든 게 많았으니까. 할머니는 나를 안고는 계속 어깨를, 등을, 쓰다듬어주셨어. 한참을 울고난 뒤, 그러고도 또 망설임끝에 나는 사실을 말해달라고 했어. 내가 우리집 친딸이 아니어도 괜찮으니, 거짓없이 다 얘기해 달라고.

할머닌 얼굴색이 변하며 입술도 떨리셨어. 나는 너무 무서워서 세상이 정지된 것같았어. 순간 정말 그런가 보다싶어 너무너무 긴장됐어. 참 이상하지, 그렇게 밝히고싶었는데, 잘못 왔구나 하고 급후회가 되는 거 있지. 그냥 내가 땅으로 폭삭 꺼졌으면 좋겠더라고. 게임이라면 그만 리셋, 아니 코드를 뽑아버렸을 정도야.

할머니는 작은 여닫이문이 두 개 달린 2층 장롱을 열어 옷을 들추고 상자 하나를 꺼내셨어.

'이걸 전해줘야지 하면서 이렇게 늦었구나. 우리 진솔이가 오해할 만도 하네.'

상자를 열자 그속에는 갓난아기 옷과 신발 그리고 사진 등이 있었어.

'진영이 돌이 막 지나고 네가 태어났다. 네 언니는 그때부터 아팠제. 병원 델고 다니느라고 에미가 너까지 돌볼 수가 없었어. 나한테 맡김서 너한테 미안했는지 산후 우울증까지 생겨 한참을 고생했잖어.'

나에게 궁금한 건 딱 하나였어.

'그럼 엄마가 나를 낳긴… 했어요?'

하고, 물었지. 할머니가 사진 한 장을 내게 내밀었어. 어린아기 두 명이 엎드려있는 처음 보는 사진이었어.

'그래, 이것아. 네가 에미 딸이지 누구 딸이긋냐. 어린 것이 얼마나 심란했으면 혼자서 나를 찾아왔디야.'

할머니는 혀를 끌끌 차며 내 등을 또 쓰다듬고는 말씀하셨어.

'네가 기어다닐 때, 네 언니는 걷지도 못하고 함께 기었어. 큰애 데리고 여기 왔을 때 애비가 사진을 찰칵, 하면 바로 나오는 거 있잖냐.'

'응, 이게 폴라로이드 사진이에요.'

나는 사진을 뚫어져라 쳐다보았어.

'응, 그걸 찍었는데 에미가 성화를 부리잖냐. 언니가 동생보다 발육이 늦는 게 자랑이냐고. 화를 어찌나 내는지 내가 몰래 갖고있었다. 한 살 더 먹었는데 걷지도 못하는 네 언니땜에 속상했던 모양이라.'

'그래서 내 아기때 사진이 없는 거예요?'

나는 상자를 쏟아서 사진이 더 있나 보았지. 그것 말고는 없었어.

"그래도 고것이 말은 빨라서 네가 울면 '애기 운다, 애기 운다,' 함서 같이 울더라고. 지가 언니라고."

쿡쿡 비웃음이 터져나왔어. 엄마아빠 사랑받으며 자란 아기가 할머니랑 사는 곁핍의 내 마음을 알겠냐고.

내가 엄마아빠의 친딸이 맞다는데, 다른 건 중요하지않다는 생각이 들면서도 마음이 편안해지지가 않았어.

'언니 편만 들 거야, 할머니도?'

애꿎게 할머니한테 눈을 흘겼지.

'아무 편도 아니여. 아니, 둘 다 편이여. 탈없이 잘 커주는 게 얼마나 고마운지 알아?'

할머니도 손사레를 치며 웃었어.

'햇빛 날 때 비오는 건 여우비, 그럼 울다가 웃는 건 뭔지 알아요, 할머니?'

울다가 웃다가 잦은 변덕에 무안해진 나는 뜬금없이 물었어.

'뭐? 불여우 아니냐?'

'불여우요? 하하하….'

나는 할머니를 때리며 깔깔댔지. 어느새 내 눈가엔 눈물이 말랐어.

"불여우에 불은 '아닐 불' 자다, 이것아!"

'할머니, 할매 개그 쩔어!'

할머니도 눈가 주름이 자글자글 잡히게 웃으셨어.

'너는 믿으니까 신경을 덜 쓴 건데 네가 그렇게 맘고생하는 걸 몰랐구나. 네 에미도 너한테는 늘 미안해한다. 어린 나이에 너무 철든 것도 마음 아프다면서. 마음 넓고 착한 우리 진솔이가 큰마음으로 다 이해하면 안되겠니?'

'이해 못 해, 용서 못 해!'

나는 도리질을 하며 어리광을 부렸어.

'집에서도 그리 좀 해봐. 어린 게 너무 철들어서 네가 어렵디야.'

할머니는 이쯤에서 여기 와 있다고, 엄마에게 알리라고 했어. 나는 전화를 할 수가 없었어, 하기 싫었어. 아무리 친엄마라고 해도 나도 내 상처를 수습하려면 시간이 필요한 거야.

'절대 엄마한테 전화하지 마, 나 여기 와있다고도 말하면 안돼요. 그러면 나 집에 영영 안갈 거니까.'

할머니는 알았다고 하며 밥상을 차려주고 밥먹은 후에 한숨 자라고 했어.

전날밤 설친잠으로 나는 까무룩 잠속으로 빠져들었고, 눈을 뜨니까 동네가 벌써 어두워져 있었어. 퇴근한 외숙부 내외분에게는 나의 가출을 비밀로 하려 했는데, 할머니가 나 상받은 얘길 해서 이미 외3촌도 알고있었어. 케잌하고 꽃다발도 사다놓은 거 있지. 외숙모가 '아일러브유'('I IOVE YOU')라는 모형초에 불을 붙이는데, 외3촌이 말했어.

'누나가 너더러 막둥이라고 하더라, 우리막둥이 축하해주라고. 막둥이끼리 우리 악수 한 번 할까?'

외숙부의 너스레에 '나는 싫어요,' 하며 고개를 흔들었어.

'오늘 진영이 큰수술해서 정신이 없었디야. 수술한 지 세 시간이 지났는데 아직 안깨어나서 네 엄마 지금 죽을 상이다. 좀 용서해주라.'

할머니말에 나는 좀 놀랐지만, 몇 년에 한 번씩 하는 수술, 현대 의술이 얼마나 좋은데, 금방 깨어날 거라고 하며 엄마에게 이른 할머니한테 약속 안지켰다고 투덜거렸어. 가족끼리 그런 건 중요하지가 않다고? 내겐 엄청 중요했어.

내일 외숙부가 언니 수술한 병원에 데려다준다는 걸 나는 싫다면서 할머니방으로 갔어. 나는 안간다고, 나 없어도 엄마아빠가 다 알아서 할 거고, 난 가도 아무 소용이 없다고 떼를 썼어. 막 울면서 응석을 부렸는데, 할머니는 토닥토닥 나를 어루만져주셨어. 한 5년치 눈물을 다 쏟아낸 것같아. 아주 오랫동안 울었어. 나중에는 엉엉거리는 소리가 무슨 리듬을 타는 것같아 창피해서 그쳤지.

그러다가 밤이 깊어지자 나는 살짝 비겁해졌어.

'근데 할머니, 엄마가 나한테 잘해준 것도 있어. 조금이 아닌 것같애, 생각해 보니까.'

할머니는 다 알고있다는 듯이 내 손을 꼬옥 잡아주셨어. 작년에, 반에서 공부 1등하는 현진이랑 싸웠을 때 패싸움 비슷하게 확대돼서 엄마가 학교 불려갔었잖아. 내가 모범생 현진이를 먼저 건드린 걸로 판단하고 학교서는 봉사활동 벌칙을 불공평하게 줬어. 엄마가 딸들이 이런 불합리부터 배우면 안된다고 내 친구들 만나 증거 확보해 벌칙을 똑같은 시간으로 만들어 줬지, 왜. 엄마가 그때 나한테 뭐랬는지도 얘기했어. 결국에는 성격 좋은 내가 사회 생활은 현진이보다 더 잘할 것이라는 거. 지금 옆으로 퍼진 내 몸은 키로 다 갈 거라, 20대가 되면 내가 훨씬 멋질 거라는 거 등등. 내게도 희망이라는 싹이 자라지 못하고 쪼그라져있다가 그때 겨우 펴진 거야.

인터넷 쇼핑이라는 것도 그래. 내 컴퓨터에 엄마가 나를 믿는다며 카드 한 장 심어준 걸로 스트레스 풀이 쇼핑을 종종 하잖아. 친구들도 엄청 부러워하는데 상한선이 있으니까 여러 가지로 금액을 분산하는 선택을 하느라고 비싼 건 못 사. 그러니까 그게 언니와의 차별은 아니었어, 지출 항목이 좀 달랐던 거지. 어쨌거나 놀랍게도 전날 밤과는 달리 아침이 되니까, 내가 먼저 일어나 짐을 챙기고 있더라고.

미안해, 언니야. 힘든 언니를 두고 시샘하고 마음끓인 거. 그리고 그렇게 큰수술을 하는 줄도 모르고 예사 병원에 입원해 있는 줄만 안 거.

엄마아빠 데리고 기도실로 내려가며 할머니가 말했어. 내가 언니한테 할 말이 있을 거라고, 내가 언니를 깨워야 될까 보다고.

내 마음 알았으면 용서해 줘. 아니, 용서 안해도 되니까 제발 눈 좀 떠 봐.

어떻게 그렇게 잠만 자? 어제 수술하고 밤새워 잤으면 됐지, 낮에는 일어나야지 바보야. 난 아무래도 백일장을 나갈 게 아니라 열여섯의 참회록이나 써야 될까 봐. 나는 그냥 언니의 철 안든 동생이고 싶거든, 그게 내 체질인 걸 이제 알겠어.

'ㅂㅂ야.'

푸욱 한숨을 쉬며 언니가슴에 얼굴을 묻은 내게 들린 소리는 분명 언니의 음성이었다.

'응, 뭐라고 했어?'

나는 언니의 얼굴에 귀를 바짝 댔다.

'언니가 지금 말을 한 거야? 정신이 들었어?'

어깨를 붙잡고 상체를 흔들며 물었다. 언니가, 내 친언니 김진영이 실눈을 떴다.

'참회록같은 소리하고 있네.'

하더니 언니는 다시 눈을 감았다.

'뭐라는 거야? 지금까지 내 말 다 들은 거야?'

언니가 보일 듯 말 듯 고개를 끄덕였다. 나는 반사적으로 일어났다. 의사 선생께 언니가 깨어난 걸 알려야 한다. 언니는 집게같은 걸 꽂은 손으로 내 손을 잡으려다 떨어뜨렸다. 내가 한 발 멈추자 눈을 감은 채로 언니가 말했다.

'시끄러워서 잘 수가 있어야지, 졸려죽겠어 기집애야.'

'깨어났어? 됐어!'

'못 일어나겠는데… 너한테 미안해서 이렇게 눈뜨려고 애쓰는 거야. 건강한 너는 맨날 누워있는 내 맘을 몰라.'

'알아, 안다구. 앞으로 더 잘, 아주 잘 알아갈 게.'

나는 병실을 박차고 나가서 간호사실에 대고 외쳤다.

" '1007호' 우리 언니 깨어났어요! 김진영 환자 정신이 들었다고요."

엄마아빠와 할머니가 엘리베이터에서 내리며 내 말의 끝부분을 듣고는 발걸음이 빨라졌다. 나는 감격에 겨워 더는 말을 못하고 양손 엄지척을 해보였다. 엄마가 먼저 뛰어왔다. 우리는 모두 병실로 달려갔고, 의사 선생도 빠른걸음으로 다가왔다. 병원이 언니의 침대 방향으로 기우뚱 기울었다.

봄 바 람

미안했나보다 잊고지냈던 잊은척하고 삐져나왔다 꽃잎위를 먹고잠들었던 하얀그림자가 그쪽으로 지르고말았다 다른사람들은 우체부아저씨가 다녀보아도 푸른들판의 마주치지않았다 앉아있지않으면 찾아왔지만 말해봐라 영진엄마의 끌고나왔다 동네사람들이 오냐오냐 점심먹고 찾아나서서 치고돌아왔다 이웃마을처녀들과 영진이엄마가 할머니방을 쪼그리고앉았다 감고있던 별천지같았어요 가고있는데 이상한기라예 컴컴해지고있었다 없애버려 앉아있었다 안된다이 돌아댕기는 어린아기같았다 찔러넣어주며 갖고와서 아프다고하고 선재네집에 갖고와서 오빠앞에다 항아리안에 잡혀가지않았을 공유하고있다 지키고있다 그만두시지 같은반이 그친구가 알고있을까 펼처보았다 할무이방으로 쪼그리고앉았다 몬들고 몬살겠다캤더만 양다리사이에 떼어놓았다 걸고왔다 작은아버지댁에 챙기고있었다 써놓고갔다는데 할머니목소리가 뛰쳐나가고싶었지만 나간다해도 열려있어 그을려있을 황사먼지사이로 부탁했다고했다 맹글어놓고 안갈끼구마 몬산다 그란다카네 보내도라 달려가고싶었다

<청소년소설 : 靑小說(단편)>

봄 바 람

또 이사를 했다.

그럴 때마다 조금씩 더 산동네로 옮겨가는 것은 당연한 일로 여긴다. 그렇지만 올봄에 이사온 동네는 내가 살던 시골의 작은 읍보다도 더 허름한 벽두리였다.

'덥은 나라 가서 벌어오는 돈을 어찌 허평더평 쓸끼고! 너거 아부지 올 때 까지만 여기서 살끼다.'

우리 남매가 가끔이라도 음식이나 옷타박을 할 때에는 들은 척도 않던 어머니가 멀리까지 버스를 타고 학교에 다녀야 하는 것에는 내심 미안했나보다. 아버지를 핑계로 쐐기를 박아 불만을 원천 봉쇄하면서도 은근히 오빠와 나의 눈치를 살폈다.

아버지가 해외 근로자로 사우디에 간 뒤, 어머니는 살림의 틀을 더 야무지게 짜냈다. 아버지가 올 때까지 우리집 식구들은 모두 참는 사람들이어야 했다. 남들 다 신는 유명 상표 신발 한 번 못 사보고 어쩌다 사온 수입 쇠고기 한 팩이면 분에 넘치는 식탁으로 여겨야 했다.

이사에 대한 불만도 없었다. 오히려 이동네가 낯설지않아서 금방 정을 붙일 것같아 다행으로 여겼다. 집이 바로 산아래여서 싱그러운 바람이 불어와 숨통이 좀 트이는 것같기도 했고, 산과 하늘과 나지막한 집들이 친근했다.

동네에는 커다란 나무가 세 그루 있었다. 이사온 지 채 두 달이 지나지않아 그나무들이 꽃을 피우기 시작했을 때에야 우리는 그것이 벚나무라는 것을 알았다. 학교를 오가며 애써 외면을 해도 벚꽃은 눈에 띄었다.

벚꽃을 보면 나는 마음이 편치않다. 나 뿐아니라 어머니와 오빠도 분명 그러하였을 거다. 한동안 잊고지냈던 아니, 잊은척하고 있었던 우리 가족의 아픈 기억이 가슴을 찌르며 삐져나왔다.

떨어진 꽃잎위를 걷던 나는 걸음을 멈추고 연분홍의 꽃잎을 주워 가만히 손바닥위에 올려놓았다. 날씨가 흐려서인지 일찌감치 켜진 가로등 불빛에 꽃잎이 반사되었다. 그것이 어느새 하얗고 도톰한 박꽃으로 보인 것은 나의 시야가 뿌옇게 흐려졌기 때문이었을 것이다.

그해 여름은 유난히 천둥번개가 심했다. 수박을 먹고잠들었던 나는 무서움을 무릅쓰고 밤중에 화장실을 찾았다. 대문쪽에서 언뜻 하얀그림자가 스쳤다. 무심코 그쪽으로 고개를 돌렸던 나는 그만 비명을 지르고말았다. 번쩍, 번개속의 순간적 환한 빛아래 귀신처럼 한 사람이 서있었다.

내 비명소리에 식구들이 깨어 밖으로 나왔고, 나는 그사람이 고모라는 것을 금방 알았다.

'고모!'

내가 부르는 소리에도 아랑곳 않고 고모는 손사래를 치며 할머니방으로 숨어들었다. 엄마아빠도 마루로 나와 기역자로 꺾어진 건넌방을 쳐다보다가 할머니방으로 들어갔다. 고모와 할머니가 부둥켜안고 우는 것을 보면서도 다른사람들은 아무말도 못했다.

문앞에 서있던 나는 어머니께 이끌려 내 방으로 왔지만, 신경은 온통 그쪽에 쏠려있었다. 잠시 아버지의 고함소리가 나다가 잠잠해졌다.

다시 번개가 치고 하늘이 갈라지는 듯 천둥소리가 났다. 쫘악 쫙, 무섭게 비가 쏟아지며 동네가 떠내려갈 듯했다. 나는 돌아눕지도 못할 만큼 무서웠다.

고모를 두고 박꽃같이 복스럽고 고운 처녀라고 우체부아저씨가 할머니를 볼 때마다 말했다. 이동네 저동네 다 다녀보아도 더 참한 아가씨를 본 적이 없다고.

스물두 살이 된 고모는 아저씨의 말이 아니라도 누구나 그렇게 생각할 정도로 예뻤다. 그 고왔던 얼굴이 광대뼈가 도드라지고 눈만 퀭하게 살이 빠져서 나타났다. 고모는 집떠난 지 몇 달만에 그렇게 한밤중에 도둑처럼 집으로 돌아왔다.

이튿날은 거짓말같이 하늘이 맑게 개었다. 푸른들판의 벼포기들은 아무일도 없었다는 듯 보기 좋게 살랑거렸고, 동네는 조용했다.

아버지와 어머니는 집으로 돌아온 고모와 별로 마주치지않았다. 할머니만이 욕지거리를 하면서도 이것저것 차린 밥상을 들고 들락거릴 뿐이다. 고모는 넋나간 사람처럼 아무말도 하지않고 멍하니 앉아있지않으면 누워서 잠만 잤다. 사람이 어떻게 그렇게 잠만 잘 수 있는지 참 신기했다. 영진이 엄마가 매일 찾아왔지만, 고모와 말 한 마디 나누지 못하고 돌아갔다.

'잠귀신이 들었나, 와 이리 잠만 자노? 영란이도 같이 있었나? 그것만 말해봐라. 내 답답해서 몬 살것다.'

고모의 어깨를 흔들며 몇 번이나 묻는 영진엄마의 말에 고모는 겨우 고개만 끄덕일 뿐이었다. 어머니가 나를 낚아채듯 밖으로 끌고나왔다.

'이이고, 이 철없는 것아! 그방에 좀 가지마라 안카나.'

어머니 표정의 거역하지 못할 강한 힘이라든가 아니면 동네사람들이 우리집 일을 궁금해 하면서도 오지않는 것을 눈치챈 나는 어머니께 왜냐고 묻지 못했다.

'어머이가 자아를 막내라고 오냐오냐 키와서 그렇제, 다리몽댕이 안 분질른 기 한이구마.'

아버지가 괜한 역정을 내면서 논으로 나가면 어머니는, 할머니와 고모가 함께 쓰는 방에 내가 들어가지 못하게 단단히 일렀다. 줄타기를 하는 듯 팽팽한 집안 분위기는 가라앉을 줄 몰랐다.

그런 일이 있기 몇 달 전, 동네어귀에 벚꽃이 막 피기 시작할 무렵이었다. 고모와 아랫마을 영란이 언니가 점심먹고 나가서 통행 금시 시간이 될 때까지 돌아오지않았다. 아버지는 고모를 찾아나서서 읍내 곳곳을 다녔지만 허탕을 치고돌아왔다. 할머니는 그날부터 밤중에도 대문을 잠그지 못했다. 벚꽃이 질 때까지, 또 언덕위의 보리가 다 익고 들판에 모내기를 끝낼 때까지 동구밖만 내다보았다. 동네사람들이 수군대며 고모와 영란이 언니의 흉을 본다는 것을 나는 알았다.

‘너거 고모는 바람이 나서 나갔다 카더라.’

학교가는 길에 태성이가 곁눈질하며 내게 말했다.

‘니가 멀 안다고 까부노, 우리 고모는 돈벌로 갔다.’

‘아이다, 내 우리 엄마랑 아부지랑 이야기하는 거 들었다. 정숙이 누야도 같이 가기로 했었는데, 길이 어긋났다 카더라.’

나는 침을 꿀꺽 삼켰다.

‘진주 시내로 들어가는 입구에 검문소 있제? 거기 피해서 지름길로 가다가 없어진 기라. 그동네가 문촌 아이가, 문딩이 촌!’

‘우리 고모는 문촌에 안갔다.’

‘동네사람이 다 안다, 너거 식구만 모르제.’

‘니가 봤나? 봤어? 헛소문만 갖고 떠들지 말라꼬!’

태성이에게 사납게 쏘아붙인 나는 총총걸음으로 앞서 걸었다. 고모이야기만 나오면 우리 식구들은 모두 언성이 높아진다. 그것을 흉보던 나도 마찬가지라는 것에 쓴웃음이 나왔다. 학교에서도 그생각만 하다가 집으로 오자마자 할머니한테 물어보았다. 할머니도 버럭 화부터 냈다. 시골에서 묘목밭 매는 것보다 돈을 더 많이 주는 서울의 큰공장으로 돈벌러 갔으니, 다시는 그런 소리 말라고 했다.

고모는 한 해 전까지 이웃마을처녀들과 묘목밭을 매러 다녔다. 내가 학교에서 돌아오는 언덕에서 들판을 내려다보면 이랑 긴밭에서 김을 매는 처녀들의 물결을 쉽게 볼 수 있었다. 흰장갑을 끼고 모자를 쓴 위에다 수건을 두르고 줄을 지어 움직이는 모습은 평화로워 보였다. 좀 더 가까워지면 도란도란 말소리가 들릴 듯 말듯 하여 무슨 이야기를 하는지 나는 항상 궁금했다. 웃음소리와 노랫소리도 들리는 풍경은 즐겁고 행복해 보이기까지 했다.

어머니가 아버지의 참을 가지고 산밭으로 나간 틈을 타서 영진이엄마가 우리집으로 쑤욱 들어왔다. 마루에 앉아있던 나는 그런 눈치쯤은 있다는 얼굴로 할머니방을 가리켰다. 영진이엄마가 방으로 들어가자 나도 따라 들어가 문앞에 쪼그리고앉았다.

'아이고, 객지에서 얼매나 고생이 많았노?'

영진엄마는 자신이 고모의 엄마라도 되는 듯이 애타게 물었다. 할머니와 고모는 감고있던 실꾸리를 구석으로 밀쳐놓고 한숨을 푹 쉬었다. 나는 쫓겨날까 봐 가만히 있었다.

'죄송합니더, 영란이랑 같이 몬 오고 혼자만 와서.'

'괘안타, 너라도 와서 다행이제. 어데 있었노, 말해봐라.'

'그날 말입니더. 집나간 날… 통금 시간이 다 돼서, 검문소를 피해 지

름길로 가는데, 길을 잘못 들었어예.'

'그랬나? 얼매나 무서벘노!'

영진엄마는 고모의 손을 붙들고 소리를 낮추어 말했다.

'불빛이 환한 동네가 보였어요. 전기가 들어오는 동네라 그런지 별천지같았어요.'

'그래서… .'

'가까이 갔더마는 십자가가 있는 성당이 보이더라고예.'

'성당? 그동네에 성당도 있더나?'

'예. 그쪽이 안전할 거같아 불빛따라 가고있는데, 어떤 사람들이 안내를 해 주겠다 카데예.'

'성당으로?'

'그거는 아이고, 성당 근처에 있는 어떤 집이라예, 모두 친절하게 대해주고 아침에 신부님을 만나게 해준다 캤어요. 흐흐흑… .'

고모는 눈가를 훔치며 말을 이었다.

'그런데 밤에는 몰랐는데, 아침에 일어났더만 사람들이 이상한기라예.'

고모의 목소리가 떨렸다.

'말로만 들었제. 눈썹도 엄꼬, 손가락도 없는 사람들이 있는 기라예. 얼매나 놀랬는지 몰라예. 올 때는 마음대로 왔어도 갈 때는 그리 못한

다믄서, 우리를 어떤 집으로 데리고 갔어요. 도망 칠 수가 없었어요. 너무 무서버서.'

'나도 무서웠다. 말로만 듣던 그런 동네를 고모가 갔었다니.

영진엄마가 손등으로 고모의 땀을 닦아주었다.

'하늘님이 보내준 귀인들이라 카믄서.'

떨리던 고모의 목소리가 조금 가라앉는 듯했다.

'밤에도 도망칠 수가 없더나?'

'교대로 감시를 했어요. 이틀을 그리 보내다가 사흘째 되던 날에는.'

고모는 말을 멈추고 고개를 숙이며 눈을 감았다.

'와? 말 안들으믄 죽인다 카더나?'

잠자코 있던 할머니가 낮은 목소리에다 힘을 주며 물었다.

'아이라예, 바가지를 다섯 개 엎어놓고 영란이랑 나랑 한 개씩 고르라 캤어요.'

'그기 뭐하는 긴데?'

할머니와 영진엄마가 동시에 물었다.

'… 짝을 정하는 기라 캤어요. 흐흐흑.'

울지않으려고 애쓰는 것같던 고모는 갑자기 울음을 떠뜨렸다.

할머니와 영진엄마는 하얗게 질렸다. 무슨 말인지 알 수 없던 나도 팽팽한 분위기에 덩달아 놀랐다. 방바닥을 짚었던 손이 접질리면서 어깨가 방문으로 부딪혔다. 그들은 쿵하는 소리에 그제야 문앞에 앉은 나를 발견했다.

'아이고, 은영아! 너는 언제부터 있었노? 아까 내 들어올 때 따라 들어왔는갑지?'

나는 고개만 끄덕여졌지 입이 떨어지지않았다. 할머니의 눈꼬리가 올라갔다가 한숨소리와 함께 내려왔다.

'은영아, 여기서 있었던 일은 누구한테 말하믄 안된다이. 알것나? 니가 지금 몇 살이고? 내년이믄 중학생 될낀데, 무신 말인지 알아듣겄제? 너거 고모가 참말로 상처 받은 일이라서 아무한테도 말하믄 안되는 기라. 알겄나?'

영진엄마의 부탁은 딱하고 간절했다. 나는 방안의 사람들이 믿을 만하게 걱정스런 얼굴로 고개를 끄덕이고는 밖으로 나왔다. 목구멍이 콱 막혀오면서 가슴이 발딱발딱 뛰었다.

'고모가 그동네를 갔다오기는 했구나.'

그래서 고모가 병에 걸려서 왔나보다. 어쩐지 전보다 얼굴이 더 하얀거같은 까닭을 알 것같았다. 그러니까 어머니는 내가 고모방에 못 들어가게 했을 거다.

빗방울이 후누눅 떨어지기 시삭했나. 들로 일나간 사람들이 들어올 걸 안 영진엄마가 돌아가고, 나는 마루끝에 앉아서 어머니를 기다렸다.

고모가 돌아온 뒤부터 짙은 안개처럼 우리집을 둘러싼 칙칙한 분위기는 언제 무슨 일이 터질지 불안하기만 했다. 하늘이 점점 컴컴해지고있었다.

가로등을 잔잔히 때리는 빗소리가 들렸다. 하늘에서 거미줄이 쳐지는 것같이 실비가 내리기 시작했다. 나는 손을 머리에 얹고 국민 학교 뒷길의 2층집 처마밑으로 뛰어갔다. 거기에서도 벚나무가 보였다. 봄비를 몰고온 바람에 꽃잎이 휘잉휘잉 날렸다.

집까지의 거리는 얼마 되지않았다. 이정도 비라면 맞고갈 수도 있었지만, 나는 시간을 더 보내기로 했다, 보충 수업 두 시간을 빼먹고 왔으니까. 서점에서 한 시간을 보내고 다시 시장 구경 한 것을 계산에 넣어도 아직 하교 시간을 채우려면 더 있어야 했다. 꽃잎은 내가 앉은 곳까지 날아왔다. 빗줄기가 조금씩 굵어졌다.

오후 마지막 시간인 '물리' 수업이 끝나고, 선생님의 지시에 따라 선재와 명신이가 교구를 들고나갔다. 선재가 잠시 자리를 비운 틈을 타서 미현이가 내 가방에 노트 한 권을 찔러넣어주며 의미 심장하게 웃었다.

'갖고가서 없애버려!'

'물리'라는 과목은 워낙 어려워서 우리반의 몇 명만이 수업을 따라가는 형편이었다. 선재는 꼬박꼬박 노트 정리를 하며 '물리' '수학' 쪽으로 단연 우수함을 보였다. 곧 중간 고사를 치르게 되면 참고서보다 더 알지게 쓰일 노트였다.

'왜 또 나야?'

머리가 쭈뼛거리게 신경질이 뻗쳤지만, 나는 미현이를 거부하지 못했다. 그냥 그 노트를 내 책가방에 넣고는 몸이 아프다고하고 보충 수업을 빼먹고 학교를 나왔다.

한 씨 집 자손은 피가 뜨거워서 봄만 되면 사단이 난다고 어머니는 입버릇처럼 말했다. 고모 때문에 고향을 떠나온 어머니의 넋두리는 오빠가 데모를 하다가 강제로 해병대에 가고 난 뒤에야 없어졌다.

작년봄이었다. 대학생인 오빠는 늘 지쳐보였고, 귀가 시간이 늦었다. 아침에는 내가 일찍 학교에 가고, 저녁에는 오빠가 늦게 오기 때문에 오빠와는 함께 밥먹는 시간도 드물었다.

진눈깨비가 내리던 날이다. 일요일 대낮에 밖에 나갔던 오빠가 급히

집으로 와서는 이섯서섯 챙긴 책을 보자기에 싸서 내게 주었다.

'은영아, 이거 지금 네 친구 선재네집에 좀 갖다 놓을래? 며칠만 보관해 달라그래. 풀어보지 말고 그냥 다락같은 데 놔두면 된다.'

'선재랑 친하지도 않은데, 싫어!'

'왜? 중학교 때부터 네 단짝이었다며?'

'인제 안친해!'

오빠의 낯빛이 어두워졌다. 잠시 두리번거리던 오빠는 장독대로 가서 이것저것을 열어보았다.

'이거면 되겠다. 고무다라 좀 갖고 와.'

나는 짜증스럽게 다라를 갖고와서 오빠앞에다 놓았다. 오빠가 연 항아리는 소금독이었다. 두 손으로 소금을 푸욱푸욱 퍼서 다라에 담았다. 손놀림이 빨랐다. 그러고는 책보따리를 항아리안에 넣었다.

'오빠, 그걸 왜?'

오빠는 대꾸도 없이 다시 소금으로 책을 덮었다. 어지간히 퍼서 담은 뒤 그릇에 남은 소금을 털어넣을 때는 이마에 땀방울이 맺혔다. 그때, 철문을 여는 방울소리가 들렸다.

점퍼차림의 표정 굳은 두 남자가 오빠의 책을 찾아냈다. 내가 오빠를 도와 조금 서둘렀더라면 잡혀가지않았을 것이다. 책보따리를 들고 바로 집을 나왔다면 아저씨들은 내가 오빠의 동생인지 알 리가 없다. 소금독앞에서 땀방울을 흘리며 책을 감추던 오빠의 모습이 눈에 선하다.

당하고만 있지는 않을 것이라는 나의 오기가 다른 사람에게 상처를 주고있다는 것에 불안이 커진다. 미현이와 가까이 지내면서 선재를 멀리한 것이 늘 양심의 가책이 된다. 청소년들에게도 권력이 있다. 시골뜨기라는 멸시를 당하지않기 위해서 어느 편에 서야 유리한지 나는 알아버렸다.

덕분에 미현이네 병원 원장실 옆방 주사 2실에서 금지된 과외를 몰래 하는 비밀을 공유하고있다. 내가 과외를 받지는 않지만, 혹시라도 조사가 나오면 나와 공부하는 장소로 되어있어 나는 병원 출입이 자유롭다. 떡고물이라도 얻어먹듯 시험때마다 몇 문제씩 건지기도 하고, 선재의 노트를 베껴서 미현이에게 바치기까지 하면서 그자리를 지금껏 지키고있다.

'이쯤에서 미현이 꼬봉노릇 그만두시지.'

올해도 같은반이 된 선재가 학년 초에 내게 던진 말이다. 겨울방학동안 더 밀착된 미현이와의 관계를 그친구가 모를 리 없다. 나는 아무말도 하지 못했다. 봄이 되면 어머니가 말하는 그 뜨거운 피가 내게도 솟구칠까 봐 두려웠다. 더는 비겁해지기가 싫은데, 실행에 옮기기는 쉽지않다. 오늘 낮에 친구들이 있는 교실에서, 아니면 미현이가 안볼 때라도 나는 그 노트를 선재에게 돌려주었어야 했다. 그렇지만 그렇게 하지 못하고 도망치듯 학교를 빠져나오고 말았다. 지금쯤 선재는 잃어버린 노트에 대해 알고있을까? 노트를 꺼내어 펼쳐보았다. 깨알같은 글씨로 쓰인 이번 시험 범위를 요점 정리한 것이 한눈에 들어왔다. 나는 가만히 그것을 쓰다듬었다.

운명에 맞닥뜨려사는 오빠와 아버지를 볼 면목이 없다.

밤이 되어도 고모는 바깥으로 나오지않고 방안에만 있었다. 내가 오줌이 마려워 눈을 비비며 나왔다가 고모를 발견한 건 꽤 깊은 밤이었을 것이다. 고모는 모깃불을 뒤적거리며 쪼그리고 앉아있었다.

'고모-.'

나는 속삭이듯 고모를 불렀다.

'아이고 깜짝이야, 은영이 아이가!'

'와 고모는 꼼짝 안하고 방에만 있노? 그라고 와 우리방으로 안오고 할무이방으로 갔노? 고모 물건은 우리방에 다 있는데.'

고모옆에는 항상 할머니가 있어서 묻지 못했던 것들을 조심스레 쏟으며, 나도 그옆에 쪼그리고앉았다.

'그래 말이다. 내, 니 자는 방에는 몬 가겠더라. 답답해서 나왔다. 어서 들어가 자라.'

'고모도 병에 걸렸나?'

'아이다, 고모가 그동네에 간 건 맞는데, 병은 안걸렀다. 바깥에서 오는 사람들한테 정말로 조심하믄서 살거덩. 거기도 사람 사는 데 아이겠나.'

'뭐하고 살았어? 그동네 사람들은 애기를 나믄 간을 빼묵나?'

'그런 일이 어째 있겠노. 사람사는 데는 다 비슷하제, 농사짓고, 양계장하고 살믄서 열심히들 일해. 지금은 약이 좋아서 다 낫은 사람들인데, 보기가 좀 숭해서 그렇제, 좋은 사람들도 많아. 그동네도 그냥 세상하고는 쫌 떨어진 농장인기라, 농장.'

'농장!'

'은영아, 너는 너거 오빠 맹키로 공부 잘해갖고 도시 학교로 가서 방학하믄 집에 오고 그래야 된다이, 어디 딴 데 댕기지 말고.'

'방학이라 캐도 오빠는 집에 와서 열 밤도 안자고 또 갔어. 나는 혼자 얼마나 심심한데.'

'고모까지 없어서 정말 그랬겠네. 미안해서 우짤꼬.'

'그래서 고모, 인자 안갈끼제?'

고모는 억지로 웃어보였다.

'은영아, 심심하다꼬 위험한 데로 댕기고 그라믄 안된다이. 뭣이든지 부모님하고 의논 해야제, 절대로 혼자서 결정짓고 돌아댕기믄 큰일 난다이. 봄에는 더 조심을 해야 돼.'

'와아?'

'봄에는 바람이 부드럽거든. 달콤한 그바람이 어디 좋은 데로 나를 데려다 줄 거겉애. 금방 돌아오는 농번기가 부담스럽기도 하고. 농사 안짓고도 잘 사는 도회지로 한 번 가보고싶기는 한데 엄두가 안나다가… 봄에는 그바람이 일을 저지르기 하더란 말이라, 참 위험하고 철없는 행동이었제.'

모깃불에 건초를 더 얹으며 손으로 부채질을 하면서 고모는 학교 선생님처럼 또박또박 말했다.

'그라믄 고모는 거기서 결혼도 했나?'

'결혼은 무슨, 그래도 고모한테 정해진 사람은 있어. 마이 배운 사람인데, 어쩌다 병이 걸려가지고 거기서 사는데, 참 안됐어. 내가 그냥, 그사람이 집에 불이 나서 화상을 입었다고 생각하고 같이 살까?'

발이 저려왔다. 그기운이 가슴까지 올라왔다.

'고모.'

'답이 없어, 답이! 식구들한테도 얼굴을 몬들고 동네서 손가락질 당하믄서 여기서 내가 어찌 살겠노. 그래도 내, 엄마가 너무 보고싶어서 몬살겠다캤더만, 그사람이 딴사람들 몰래 보내조서 나왔다. 그래서 영란이랑 같이 몬오고 혼자 온기라.'

고모는 쪼그리고앉은 양다리사이에 얼굴을 묻고 흐느꼈다. 내가 고모의 어깨를 감싸자 놀란 듯이 내 손을 떼어놓았다. 고모의 손은 참 부드러웠다. 숨소리가 어린아기같았다.

아버지는 읍네 전화국에 가서 시외 전화를 걸고왔다. 서울 작은아버지댁에 고모의 취직자리를 부탁했다고했다.

'너, 정말 약 묵어서 병은 안든 기 맞제?'

고모가 있는 방문을 열고 다짐을 몇 번이나 하는 아버지를 쏘아보던 고모가 퉁명스럽게 말했다.

'와 예, 나중에 병 옮으믄 오빠한테 원망 돌아올까 봐 그라는 기지예?'

'가스나가 집안을 불구덩이로 맹글어놓고 뭔 할 말이 있다고. 서울서 어떤 험한 일을 시키도 너는 해내야 된다. 알겄나?'

'나는 서울 안갈끼구마.'

그늘에 앉아있어도 주르륵 땀이 나는 날씨였다. 고모는 방문을 와락 닫았다.

'잔소리 하지마라, 죽은 듯이 살다 보믄 나중에는 다 잊아뿌릴 날이 올끼다.'

방을 향해 아버지는 소리쳤고, 어머니는 벌써 고모의 짐을 챙기고있었다.

고모는 한 발 앞서서 새벽에 또 집을 나갔다. 아버지께 편지를 써놓고갔다는데, 나는 그내용을 알 수 없었다. 할머니와 아버지의 다투는 소리로 보아 고모가 성당이 있는 그마을로 다시 갔다는 것을 짐작할 뿐이었다.

그리고 또 얼마 지나지않아 할머니도 집을 떠났다. 떠나기 전날밤, 아버지한테 떼쓰듯이 조르던 할머니목소리가 오랫동안 내 마음을 아프게 했다.

'나는 살만치 살았고, 늦동이 진희 그거, 그런 대로 혼자 보내고는 몬 산다. 그동네도 사람사는 데라서 가축도 키우고, 농사도 짓고 그란다 카네. 내 막둥이 있는데 가서 살다가… 그라다가 죽을란다. 나를 그냥 보내도라.'

나는 불빛아래서 아버지의 우는 모습을 처음으로 보았다. 아버지의 울음은 개구리우는 소리에 묻혔다.

개굴개굴, 개구리들이 목청껏 울어대던 그날밤, 불안했던 그여름밤은 짧지않았다.

그해, 가을걷이가 끝나고 작은아버지의 도움으로 논밭과 집을 처분해서 우리는 서울로 이사했다. 변두리에 전세집은 장만했지만, 도시살림은 만만치않았다. 아버지와 어머니는 도배하는 일을 배워서 목이 비뚤어지게 열심히 일하며 살았다. 힘든 생활에서도 해마다 봄은 찾아왔다. 봄이 되어 벚꽃만 보면 고모 생각이 났다.

나는 고모와는 반대로 고향의 보리가 익어가는 들판으로 달려가고싶었다.

봄바람은 나를 통통통 굴려서 우리동네의 그 구수하고 향그러운 논밭으로, 지천으로 피어나는 들꽃들이 있는 언덕으로 데려다 줄 것같았다. 봄만 오면 나도 고모처럼 어디론가 뛰쳐나가고싶었지만, 아버지가 해외로 떠난 후, 어머니 혼자 두고 나갈 수가 없었다.

내가 고등 학생이 되었을 때 지방 도시에서 학교에 다녔던 오빠는 대학생이 되어 서울로 올라갔다. 그해에는 야간 통행 금지도 없어져서 내가 집을 나간다해도 돌아올 길이 열려있어 고모같은 사고는 나지않을 것같았다. 다음해에는 교복마저 자율화되면서 고등 학생인지 대학생인지 구분이 안가는 청소년이 되어 자유롭게 가출할 수 있었는데, 오빠가 군입대를 해서 나는 또 용기를 내지 못했다.

비가 그쳤다. 가로등 불빛은 더 밝아지고 손에 쥐었던 꽃잎을 털며 나는 일어났다. 발이 저렸다. 벽에 기대어 한참을 휘청거리다가 집을 향해 발걸음을 떼었다.

'은영아, 봄바람은 부드러운 기라. 봄바람타고 혼자 아무데나 가믄 안 된다이, 봄에는 조심을 해아 돼, 조심을 해야 돼.'

어디선가 고모의 목소리가 들려오는 듯했다. 매캐한 황사바람이 최루 가스처럼 내 눈을 자극했다.

'랩을 이렇게 눈에 씌우면 눈이 안맵다.'

데모할 때 최루 가스를 피하는 방법이라고 말하던 오빠의 얼굴이 잠시 스친다. 한겨울에도 열대 지방이라는 사우디의 하늘아래 까맣게 그을려있을 아버지의 얼굴도 보이는 듯하다. 꽃잎을 밟으며 올라가는 언덕길로 바람이 불어와 머리카락이 눈앞을 가렸다.

나는 걸음을 멈추었다. 고개를 돌리자 내 얼굴이 바람과 쌩 맞부딪혔다. 황사먼지사이로도 불어오는 훈풍이다. 나는 발길을 돌려 곧장 선재네집으로 향했다. 책가방을 든 손에 불끈 힘이 쥐어진다. 봄바람이 내 어깨와 머리카락을 쓰다듬었다.

<지은이의 말>

터놓고 애기할 친구가 있다면 그건 큰행운

상처없이 살아가는 사람은 없다. 살면서 누구나 예상치 못한 벽을 만나고 아픈 모퉁이를 지나게 된다. 이것을 뛰어넘는 노력을 하면서 성장을 하고, 그런 과정을 거쳐 어른이 되어간다. 어떤 폭력의 상황이 수동적인 환경으로 저항하기 어려울 때, 더 힘들고아프다. 그럴 때, 그상처를 벗어나려고, 또는 극복하려고애쓰는 마음을 털어놓고싶은 대상이 필요하다. 청소년기에는 그상대가 친구일 때가 많지만, 자기 자신일 때도 있다.

터놓고애기할 친구가 있다면 그건 큰행운이다. 없다면 나 스스로가 그런 친구가 되어주기 위해 노력하는 방법도 있는데, 그것도 멋진 일이다. 아직은 불완전한 청소년기는 미래를 향해 달려가는 과정이 오히려 완벽해보이는 어른보다 아름다운 것을 시간이 지나야 알게 되는 것이 안타까울 뿐이다.

인간의 뇌에는 이야기유전자가 호모사피엔스 시절부터 있었다. 그리고 옆으로 가고자하는 사고가 있다고 한다. 긴경로를 돌아가야 목적지에 도달할 수 있게 설계되어 있어 호모사피엔스만큼 산만한 동물은 없다고도 한다. 그것은 마치 시를 배울 때 '낯설게 하기'를 위하여 형식을 어렵게 하여 자동적인 습관적 사고에 브레이크를 거는 것과 같은 맥락일 거다. 사람은 아름다운 것을 보면 그것이 왜 아름다운지 설명하고 싶어지고, 슬프면 그 까닭이 무엇인지 털어놓고싶어진다. 이설명하는 방법을 찾으려고 노력한 앞서가는 사람들 덕분에 이야기책이 생겨났고, 시대가 흐를수록 범위가 넓어졌다. 우리는 그렇게 얘기하고싶어하는 본질을 가졌다. 그렇게 함으로써 위로와 성취가 생겨나고, 함께하는 교집합의 범위를 갖는 기쁨이 온다.

靑小說 '노란모롱이'도 우연한 어떤 경험을 바탕으로 트라우마의 씨앗을 품게 된 이야기를 친구와 함께 풀어가는 내용이다. 평소에는 자아의 제어에 의해 드러나지않던 생각이나 감정이 연상의 지배적인 작용하에서 의식의 표면위로 불쑥 솟아오른다. 이성과 논리가 자신의 허점을 드러내는 곳에서 무의식의 심층적인 내용이 마치 용암이 분출하는 것처럼 드러나는 것이다. 이럴 때 내 마음을 열고 다 털어놓을 수 있는 대상, 친구가 절실하며, 그것은 인생의 큰자산이기도 하다. 이글을 읽는 독자가 마음 터놓고 얘기하는 사이의 친구가 없다면 지금부터는 스스로 먼저 다가서보기를 진정 바라는 마음으로 이글을 쓴다.

청소년소설(靑小說)을 2년 동안 '自由文學'에 연재했다. 졸작을 주로 앞쪽에 실어주고, 기획 출판까지 해주는 은혜에 마음깊이 고마운 인사드린다. 선뜻 표지그림을 그려주겠다고 한 친구 월흔에게도 고마움을 전한다. 3복 여름 더위를 식힐 시원한 소나기이거나 한자락 바람으로 불어오는 청량감에 젖는다.

2021. 7. 무덥지만 또 시원한 소나기가 내린 한여름에.

진 영 희

天山 청소년문학選 9

진영희 청소년소설집

4354('21). 8.11. 박음
4354('21). 8.15. 펴냄

노란모롱이

지은이 진 영 희
펴낸이 申 世 薰
잡은이 신 새 별
판본이 신 주 원
판든이 신 새 해
판든이 金 勝 赫
펴낸곳 도서 출판 天 山
04623.서울시 중구 서애로 27(필동 3가 28-1). 서울 캐피털빌딩 302호 '自由文學' 출판부.
등록 1991.10.31. 제1-1269호
전자 우편· freelit@hanmail.net
☎02-745-0405 Ⓕ02-764-8905

ISBN 978-89-85747-80-6 43810

*잘못된 책은 바꿔드립니다.

값12,000원